LES MUTILÉS

Marianne Vic

LES MUTILÉS

Roman

Équateurs / Littérature

Illustration de couverture : Max Ernst, *Au-dessus des nuages, marche la Minuit. Au-dessus de la Minuit, plane l'oiseau invisible du jour. Un peu plus haut que l'oiseau, l'éther pousse et les toits flottent*. Collage, 1920.

Courriel : editionsdesequateurs@wanadoo.fr
Site Internet : www.equateurs.fr

À C. S., incognito.

— Vous confessez depuis combien de temps ?

— Une quinzaine d'années...

— Qu'est-ce que la confession vous a enseigné des hommes ?

— Vous savez, la confession n'apprend rien, parce que dès que l'on confesse, on est un autre, il y a la Grâce. Et pourtant... D'abord, les gens sont beaucoup plus malheureux qu'on ne croit... et puis... [...] Et puis, le fond de tout, c'est qu'il n'y a pas de grandes personnes...

André Malraux,
Antimémoires (Incipit).

1

DRESDE

Un soir, un homme a manqué me tuer.

Ses poings s'abattaient sur ma nuque avec la cadence d'une foreuse de puits de pétrole.

Cet homme, c'était mon mari.

Nous avions vécu presque dix années communes, incarnant une forme d'idéal social.

L'essentiel est indiscernable. L'entourage voulait s'aveugler à notre facticité de jeune couple auquel tout semblait réussir.

Après cette soirée du 14 février 2010, à l'intérieur, j'étais comme Dresde après les bombardements : là où se déroulaient les avenues ne demeuraient qu'amas de gravats sous lesquels gisaient les corps mutilés. Ma conscience ? Un paysage de ruines, sans bruits, même les plus élémentaires. Le silence qui suit le massacre. Quand il n'y a plus d'air pour porter les sons. Un silence irrespirable.

Tout était détruit ; ne restait qu'à reconstruire ou se laisser mourir sur les décombres.

Je choisis la vie, il fallait évacuer les gravats. Certaines ruines ne sont pas destinées à être visitées.

À Dresde, les corps furent rassemblés en tas. On y mit le feu avant qu'ils ne fussent reconnus pour éviter les risques épidémiques.

Autodafés d'humains : à l'instar des livres qui n'auraient pas dû être écrits, y aurait-il des hommes, des femmes, des enfants qui ne devraient pas vivre ? Papier ou chair, cela relève toujours d'une décision unilatérale.

Churchill avait voulu faire la démonstration de la force alliée auprès de Staline.

L'homme qui partageait ma vie a marqué sa supériorité physique.

Avant la Guerre froide.

Mon Dresde à moi, c'était le même jour, celui de la Saint-Valentin.

On fêta l'amour drôlement le 14 février 1945, à Dresde. Sacré feu d'artifice ces milliers de bombes, à fragmentation ou incendiaires, qui s'abattirent sur l'enclave allemande. Les premières explosent avant l'impact, propulsent des projectiles incandescents à plusieurs centaines de mètres qui déchiquettent les corps. Les secondes embrasent l'air à plus de mille degrés ; ça *nettoie* une zone avec une efficacité optimale, êtres et objets réduits instantanément en cendres.

Auschwitz avait été libéré deux semaines auparavant.

Carnages insensés.

Horizons de cendres humaines.

Lui non plus n'avait pas de raison pour tenter de me tuer. Sinon pour *montrer sa force* :

« Ah, tu veux me quitter ? C'est moi qui décide : tu ne partiras pas, Lucyle ! »

Je suis partie.

J'aurais dû mourir, ce soir-là.

Ce fut le début de ma vie.

Il existe un féminin à tyran : la tyranne. Peu usité. L'histoire de la violence n'est jalonnée que de repères mâles. Une femme qui tue un homme à mains nues, ça n'apparaît jamais dans les rubriques de faits divers. L'inverse, oui.

Cette violence de l'homme, c'est le magma de l'innommable, ça bouillonne, ça suinte...

Parvenir au verbe et à nommer pour extraire le pus de soi.

Mais les autres préfèrent qu'on se taise.

Ils ne veulent pas entendre l'horreur.

On ne la leur a pas racontée. Pas tout de suite.

Ceux qui sont revenus des camps se sont tus. Ils n'avaient pas les mots.

Incuber. Puis écrire. Étendre les maux dans leur sépulture. Redevenir humain.

2

NOUS

Nous étions de ces couples *élus* qui attirent les êtres comme la lumière les phalènes.

L'apparence de notre bonheur rayonnait sur eux. Ils rehaussaient leurs existences vides à cette incandescence fictive.

Quand les fissures devinrent brèches, ils persistèrent à y croire. Ils plaçaient en nous une foi qui les rassurait. Nous tenions notre rôle. Les idoles ne doivent pas décevoir au risque d'être descellées de leur piédestal.

Nous étions devenus une caricature. J'étais la seule à m'en apercevoir.

Le bonheur n'existe pas chez ceux qui se donnent tant de mal à en exhiber les symptômes.

Je simulais le bonheur comme une femme qui feint l'orgasme de peur qu'on ne la croie frigide.

Échapper à la détresse par le mensonge.

Pendant toutes ces années nous avons fait partie de la vaste tribu des « Je » — « j'ai tout vu, tout lu, je possède ce que d'autres rêvent de posséder, j'ai tout fait et tout réussi... voyez comme je suis heureux ! ». À défaut d'être heureux il est impératif de donner l'image du bonheur, schizophrénie contemporaine qui tue aussi sûrement qu'un cancer métastasé.

Il s'agit de posséder les objets : voitures de luxe, tableaux identifiables, montres de marque... mais aussi les êtres.

La consommation statutaire inclut désormais l'humain : une Rolex au poignet, une femme séduisante à son bras ; un sac griffé dans une main et un homme de *pouvoir* dans l'autre.

Si paraître heureux se perçoit aisément, être heureux ne se voit pas, n'appartient qu'à soi.

Je n'étais pas heureuse, j'étouffais dans ce schéma mortifère.

J'étais la femme du chef de la tribu des « Je ».

J'étais la femme d'un homme qui baissait les vitres de sa voiture de sport quand il passait sous un tunnel pour entendre le bruit du moteur en pleine accélération.

Nous n'étions pas sensibles aux mêmes sons. Nous n'entendions pas les mêmes choses.

Il n'avait jamais lu, méprisait les livres et leurs auteurs au point qu'il aurait adoré les faire griller en un même autodafé. Quant aux lecteurs : « Du temps perdu ! » disait-il.

Un jour qu'il me demandait ce que je lisais encore, « *Les Revenants*, une pièce d'Ibsen », il me répondit être surpris que je m'intéresse à des « trucs » *obscènes*.

Les vacances : il était impératif selon lui de suivre la transhumance des *siens*, ces mêmes petits autres auxquels il donnait l'impulsion.

À nous le vide des décors de plages bordées de cocotiers sur des îles privées dont on ne sait plus à quels archipels elles appartiennent tant elles se ressemblent : Seychelles, Maldives, Philippines, Polynésie...

Nature stérile où les fruits ne poussent pas, où l'eau douce ne coule pas sans désalinisateur.

Vulgarité de ces destinations, comme acheter des fraises en hiver.

Robinsons captieux, servis par la masse des *invisibles*, exilés de la misère dressés pour leur faire croire qu'ils sont seuls au monde sur ces îles-hôtels dont la sapidité se dissout en un néant bleu Caraïbe.

Seuls entre *eux*.

L'éden, réduit à la contemplation d'un lagon, un verre de *frozen margarita* à la main.

Mon mari adorait les Aman, une chaîne d'hôtels asiatique où chaque nuitée équivaut à un Smic, dont le nom en sanscrit signifie *paix*. Le service marketing a omis une donnée historique : Aman, c'est aussi l'ennemi héréditaire des Juifs, celui qui fomenta en Perse le premier génocide au ve siècle avant J.-C. Un jour, j'en fis la remarque à mon mari *goy*, moi, la *youpine*. Il haussa les épaules : « Tu dis n'importe quoi ! »

Selon lui, je disais toujours n'importe quoi.

Je m'ennuie. Je les observe.

Corps vautrés. Toutes avec leurs maillots Eres, leurs regards lacuneux dissimulés derrière des lunettes Chanel ou Gucci. Attributs qui attestent l'époque.

Et dans leur sac de plage, quelques barrettes de Lexomil, toujours à portée de main, qu'elles avalent compulsivement comme des bonbons pour s'oublier davantage.

Eux, déjà bedonnants, qui parlent *affaires*. Parce qu'ils ne savent rien faire d'autre. Sinon jouir du plaisir mesquin de ce soleil de luxe en hiver, décuplé par l'image de tous ceux, frissonnants dans les jours trop courts de décembre, qui n'ont pu partir. Chaque jour mon mari consultait la météo parisienne : plus il faisait mauvais, plus il exultait. *Schadenfreude*.

Vies itératives.

Réifier. Figer ce qui est mouvant.

Jusqu'à ce qu'un cataclysme submerge la conscience corrompue des atlantes.

Tsunami, un lendemain de Noël, dans l'océan Indien.

Ensemble pourtant, et si peu semblables.

Pourquoi ? Il incarnait ce pragmatisme qui ne m'était guère familier, la possibilité d'*être* dans la vie contemporaine.

Une énergie.

L'étiage de la spiritualité, aussi.

Il allait me ramener sur terre, pensais-je.

Il a bien failli m'envoyer sous terre.

3

ENNUI

En dehors des besoins physiologiques, trois choses maintiennent en vie, la jouissance, le rire et le bâillement.

Dans les centres palliatifs, pour accompagner les mourants, les thérapeutes simulent des bâillements afin d'aider ceux qui ne peuvent plus rire ni jouir.

D'ailleurs les castrats ne bâillent pas. Il leur reste le rire.

Pour ma part, je ne riais plus beaucoup, je jouissais peu, je bâillais énormément. D'ennui.

D'où vient l'ennui ?

C'est un résidu visqueux qui s'épaissit au fil du temps et tapisse le fond de chaque existence.

Par intermittence, des particules remontent à la surface, lentement, et obscurcissent peu à peu l'enveloppe trop lisse de l'individu.

On pourrait imaginer la naissance de l'ennui concomitante à celle de la conscience humaine. L'animal ne s'ennuie pas. Mais il ne tombe pas amoureux, ne rêve pas à une autre vie que la sienne.

Chez l'enfant, l'ennui est fécond : il invente, grâce à son don d'ubiquité, des ailleurs oniriques, des distractions qui vont enrichir son imaginaire. Sa naïveté est un rempart contre l'ennui.

Puis la vie reprend ce qu'elle donne. Alors, chez l'adulte, c'est une autre histoire.

Chaque être éprouve l'ennui selon une gradation intime. Il revêt d'autres dénominations : la mélancolie, le spleen, l'abattement, la navrance... Et s'enrobe d'une tristesse née de l'impossibilité du bonheur.

Si l'ennui peut être fertile — qu'est-ce que l'homme n'a pas inventé pour se distraire —, au-delà d'un certain seuil, le péril croît et devient souffrance.

Reste à trouver pour chacun la limite d'ennui à ne pas franchir.

On n'imagine pas le nombre d'*ennuyés* que l'on côtoie sans s'en apercevoir. Généralement, il s'agit des plus actifs, voire des plus drôles. En apparence, car beaucoup ont cessé de vivre et continuent à donner le change : en plaçant un miroir devant leur bouche ouverte, aucune buée n'en opacifierait la surface.

Nous cumulons deux vies, la nôtre et celle que les autres nous imaginent : la plupart du temps ces existences n'ont rien en commun.

Ainsi, au commencement, c'est une gêne mineure, un grain de sable dans un soulier. Peu à peu, l'ombre s'étend sur l'inconscient jusqu'à occuper l'espace entier. Ayant atteint les limites, elle les crève, déborde sur le conscient. Le percement crée une déchirure : le trou soudain devient abîme pour la conscience qui s'y penche. Le grain de sable finit par entraver la marche. Plus de mouvements : l'être se fige dans le désintérêt de ce qui l'entoure. Le désagrément passager se mue en ennui *mortel.*

Alors, un matin, un soir, sans explication, on renonce.

Il y a des êtres dont l'inaptitude à vivre est dérangeante.

Depuis toujours j'attendais que quelque chose se passât.

N'importe quoi pour bifurquer de cette autoroute déprimante sur laquelle je déroulais une existence atone.

Je sillonnais des paysages lacunaires ; rien ne me sortait de mon hébétude.

J'observais l'agitation des autres ; plus ils gesticulaient, plus je me figeais, m'éloignant ainsi de ces cercles d'humains bourdonnants qui constituaient mon environnement. Recluse dans ma citadelle de papier.

Mon immobilité rappelait la morbidité des gisants.

4

LUI

Ce qui m'a plu chez le jeune homme qui allait devenir mon mari, c'est son énergie. Sans égale.

Déconstruire pour comprendre.

Qu'est-ce qui a fait qu'un soir cet homme a franchi les bornes ?

Grimper les échelons de sa verticalité pour remonter à l'origine de la violence.

Ses parents, tous deux enfants d'exilés, avaient subi les contrecoups des déflagrations du siècle dernier.

Les parents de sa mère fuirent le génocide arménien après avoir vu les têtes décapitées de leurs proches promenées au bout d'une pique.

La mère de son père, abandonnée par un époux volage, quitta l'Espagne dans le dénuement, traînant son jeune fils sous le bras.

Et ils se reconnurent, tous deux parias du chaos, gosses d'immigrés qui se rapprochèrent pour ne plus se quitter. À la force du poignet, partis de rien, ils avaient acquis un statut dans la France de l'après-guerre. Travailler. Oublier.

Ils eurent sur le tard ce fils unique, mon futur mari.

Ils n'étaient pas au bout de leurs épreuves.

L'été des dix-huit mois de l'enfant, ils partent en Italie.

Dans l'hôtel où ils sont installés, il y a un ascenseur. Un de ces ascenseurs à l'ancienne, étroit, avec une porte à deux battants. L'écart entre les deux battants a la dimension d'un bras de bébé.

La mère tient l'enfant dans ses bras. Elle descend rejoindre le père qui les attend au rez-de-chaussée.

L'enfant qui s'agite glisse son bras droit entre les deux battants.

Il est broyé au coude puis sectionné à l'épaule.

La mère hurle. Sa bouche bée sans qu'aucun son n'en sorte. Elle tient l'enfant contre elle. Ils sont couverts de sang.

Quand l'ascenseur atteint le hall de l'hôtel, le père est là.

Enfant, il ramassait les corps déchiquetés par les obus, dans les champs, pas loin de la ferme abandonnée où ils avaient trouvé refuge en arrivant d'Espagne. Il a l'habitude. Mais c'est son fils. Son fils unique.

L’enfant est sauvé. L’hémorragie est stoppée.

Le père ne veut pas d’un fils manchot. Il sait. Il a vu.

Ils n’ont pas beaucoup d’argent. Mais ils rentrent en France en avion ; c’est la première fois qu’ils prennent l’avion. Avec l’enfant. Et le bras.

Le père et la mère consultent le grand spécialiste de l’époque, une sommité. Ils s’endettent. Peu importe ce que ça coûtera mais le fils ne sera pas estropié.

La première opération est un succès : le bras est recousu, rafistolé, mais il ne pourra pas s’en servir.

Un membre mort.

Comme un manteau, l’été, pendu à une patère. Mais ce sera toujours l’été.

Les années suivantes se succèdent opérations, greffes de peau, réassemblage des nerfs.

Les parents travaillent, remboursent.

À douze ans, le fils devient champion de ski nautique. Une revanche. Ses deux bras fonctionnent. Les seules séquelles sont esthétiques. Chairs abîmées et bras droit plus court que le gauche. Il se met à la boxe. Et excelle dans ce sport comme dans tout ce qu’il entreprendra par la suite.

Cette mutilation précoce, parce qu’elle a été surmontée, a engendré un syndrome de toute-puissance. Rien ne doit lui résister.

Le soir où il m’a cognée, personne n’aurait pu imaginer qu’enfant il avait perdu un bras.

5

ÉLOIGNEMENT

Je m'étais éloignée d'*eux*, si lentement.

Je laissais de plus en plus souvent mon mari se rendre seul à ces assemblées dont il incarnait avec satisfaction le niveau sommital.

Lasse de ce rôle.

L'être disparaît sous la personne.

Persona, c'est ainsi que l'on nommait les masques des acteurs romains. *Hypocritai* en grec.

Lasse des facéties de tous ceux qui constituent mon milieu, lasse de n'être qu'un élément du décor des moments clé de grégarisation, j'en étais venue à haïr ces scènes où chacun devait se donner en pâture afin que s'alimente le système d'autodestruction collective organisé autour des récits de soi dont les convives se repaissent sans se rendre compte de leur propre hémorragie.

On meurt de la croyance de ne pas être aimé, alors on ferait n'importe quoi pour se sentir aimé. On fait le pitre, on rit à ses propres dépens, on avoue ce qu'il y a de plus intime pour satisfaire l'attente des autres, tout afin qu'ils ne cessent de regarder. Et l'on s'éloigne de soi sans espoir de retour.

J'en venais à douter de l'amitié. Qu'est-ce qu'un ami sinon un témoin nécessaire ? Un regard extérieur qui valide que l'on est en vie.

Et réciproquement : en écoutant les confidences, ne donnais-je pas corps aux minces atermoiements de ces êtres en mal de reconnaissance ?

Devenus des personnages englués dans leur falsification, récitants d'une litanie ultracodifiée par les dealers de *la vie rêvée,* s'ils voulaient un jour s'y soustraire et se confronter à nouveau à la vie, ils ne trouveraient plus qu'un néant.

Tous, au bord de l'overdose.

L'addiction au divertissement ou l'état d'excitation permanent est une tragédie admise et encouragée, un étourdissement, une parodie de la vie pour échapper à l'ennui.

Au vide.

À la mort.

Et le réel devient introuvable.

Tout divertissement suppose l'injection d'une dose minimale de perversité.

Je les observe.

Plus je les observe, plus je m'éloigne.

Il m'était impossible de prendre part à ces fausses connivences qui s'établissent face à la défense d'un intérêt commun, en général un homme ou une femme à abattre pour avoir commis le péché mortel de vouloir s'affranchir des codes qui régulent *la vie rêvée.* Cet ersatz de vie où chacun se doit d'être drôle, incisif ou *a minima* décoratif.

L'hallali social se met en branle : les Torquemada tout de Prada vêtus commencent par enfoncer dans les chairs du condamné, déjà à terre, leurs talons effilés à semelles rouge sang.

Le corps est roué de mots : c'est la barbarie des hautes sphères, celle qui ne s'exerce que sur les victimes les moins fortunées qui, pour une raison ou une autre, ont cessé de distraire la meute.

Or un mot suffit parfois à anéantir un être.

Le mot-sentence, comme un projectile lancé dans un plan d'eau, produit des ondes concentriques succédant à la fulgurance du choc initial. Inexorables, elles atteignent celui qui se tient sur le rivage social et les regarde se propager jusqu'à lui, immobile et coi.

Je me souviens d'une femme, Sophia D., dont le mari — un ami du mien —, était connu pour son donjuanisme.

Casanova cherche la jouissance de l'autre, Don Juan compte. Cet homme n'avait d'autre intérêt que d'entasser les conquêtes comme un comptable maniaque se repaîtrait d'additions sans fin. Au vu et au su de tous.

La question récurrente lui était posée à chaque dîner : « Alors, à combien en es-tu ? » Toutes les fois il répondait un chiffre qui déchaînait les applaudissements. Devant Sophia qu'ils avaient affublée du surnom de *Cocufia*.

Les premiers temps, elle faisait bonne figure, compensait par une boulimie d'achats dans les boutiques de l'avenue Montaigne et du faubourg Saint-Honoré. Plus il baisait, plus elle dépensait. Addition contre soustraction. Son dressing finit par déborder tandis que les couilles de son mari se vidaient. Dans d'autres orifices que les siens.

Au fur du décompte, Sophia se délita sous la somme des coïts extraconjugaux dont il s'enorgueillissait. Sa triste mine excédait, déparant les tablées d'où fusaient les rires forcés. Un soir, l'une de ces *salonneuses* détentrices d'un pouvoir sur la vie parisienne poussa la cruauté jusqu'à inscrire *Cocufia* au recto du carton qui désignait sa place à table. Elle prit soin d'avertir l'assemblée. Tous attendaient, assoiffés de sang. Quand Sophia eut lu, elle fondit en larmes et s'enfuit.

Par accord tacite, personne ne lui adressa plus la parole. Peu à peu on l'oublia dans les plans de table. Elle ne s'en remit pas, elle n'existait pas *autrement*.

Au sein de luttes picrocholines dont l'objet même demeure insu, il ne s'agit que de vaincre, triompher de l'autre. La tangibilité des belligérants est à ce prix. Ces combats insignifiants ne sont que de pathétiques tentatives de confrontation à une réalité dissoute.

Il y a toujours un mâle ou une femelle *oméga* dans une meute : il est l'exutoire nécessaire à la cohésion du groupe, le corollaire de l'existence du couple *alpha*.

À l'époque du Christ, dans les villages qui bordaient le lac de Tibériade, on sacrifiait encore les Gentils. Les habitants les nourrissaient en vue de l'holocauste.

Comment être amis avec ces *traîtres humains* qui ne savent établir d'autre lien que d'*utilité* ?

Je sais qu'ils feignent d'ignorer que je suis juive, *une sale youpine* comme ma grand-mère, parce que j'incarne la riche héritière, parce que je suis blonde aux yeux clairs, parce que mon grand-père a payé, cher — très cher —, pour que je siège aux *boards* de musées prestigieux.

Tous, des nantis qui pensent obtenir l'absolution en jouissant devant les cacographies de soi-disant artistes contemporains alors qu'ils ne se souviennent pas de Charles Quint se baissant devant Titien pour ramasser l'un de ses pinceaux. Comme dix-huit siècles auparavant Alexandre le Grand avec Apelle.

Chaque époque a les artistes qu'elle mérite. Chaque époque a ses *Grands Hommes*. À l'aube du XXIe siècle, il n'y a plus d'Hommes, plus d'idées, on est dans l'impuissance du moment.

Osez parler de Vélasquez, Rembrandt ou Véronèse, on vous classera parmi les pédants ennuyeux et démodés. S'ils vont dans les musées, c'est parce qu'il faut y être allé afin de pouvoir échanger quelques apophtegmes dans les dîners.

L'art est devenu un ascenseur social pour les parvenus, un alibi pour acquérir l'illusion d'appartenir à une élite qui n'incarne plus rien d'autre que la roture mentale.

La question de l'être ne tourmente guère les Verdurin contemporains.

Mon mari est l'un de ces personnages dont la fréquentation me tuait à petit feu.

J'étais devenue la spectatrice convoquée par erreur sur la scène d'une pièce qui ne la concernait pas.

Le théâtre des âmes éteintes.

Je n'en pouvais plus de les côtoyer.

Je n'en pouvais plus de *faire semblant* à ses côtés.

Sang-blanc. Anémie mentale et affective.

6

GANGRÈNE

J'ai peur de sombrer. Il faut que j'écrive l'obscénité.

Je suis celle qui veut qu'elle meure.

Ma petite sœur honnie allait m'effacer définitivement de la cartographie familiale.

À l'hôpital où elle vient d'être rapatriée, les parents et les grands-parents, toute la famille tendue vers le chirurgien. Moi, je les observe. Lui surtout, le mandarin.

Neutre, impassible. Seules ses mains sont remarquables. Puissantes. Étonnamment imberbes. Lisses et blanches, sans taches. Des mains irréelles qui sauvent un physique banal. On dirait des mains de géant greffées sur un homoncule. Cet homme, on ne le reconnaîtrait pas dans la foule, rien ne le distinguerait de la grisaille de ses congénères. Sauf s'il se mettait à sortir les mains de ses poches et à les agiter. Ce qu'il fait. Je suis fascinée. Fascinée… *fascinus*, c'est ainsi que les Romains nommaient le sexe masculin : en regardant ses mains je me demande comment est son sexe. Je l'imagine surdimensionné, comme elles.

Je fantasme sur le chirurgien de ma sœur tandis qu'elle gît à quelques mètres dans un coma artificiel.

Purpura fulminans, choc septique. Tout ça pour un Tampax. Un staphylocoque doré dans l'utérus qui se propage dans la circulation sanguine. Fièvre, nausées, douleurs abdominales. Diagnostic erroné du médecin anglais de garde sur le campus universitaire où elle suit des études de droit. Rapatriement sanitaire. Dégâts irréversibles.

« La gangrène a gagné les quatre extrémités… Le diagnostic a été trop tardif… Le rapatriement nous a fait perdre beaucoup de temps. »

Gangrène, je pensais ce mot appartenir au passé ou à des contrées si lointaines qu'il ne pouvait exister aucune porosité avec nos citadelles occidentales. Un mot incongru dans cet hôpital ultramoderne, à Paris, au XXIe siècle.

Comme la peste ou la lèpre. Pourtant, pas si loin de nos villes aseptisées, une léproserie en Espagne, près d'Alicante, regroupe encore une petite centaine de résidents.

Infections toujours menaçantes. Pour les pauvres. Ce sont désormais les maladies des *invisibles*.

Le mandarin poursuit, sans ciller : « L’alternative est la suivante : soit nous l’amputons des quatre membres, soit nous la maintenons dans ce coma artificiel. » Il a omis d’ajouter : en attendant qu’elle meure. On avait tous compris.

« Ne la réveillez pas ! »

J’ai pensé trop fort. Ils se sont retournés vers moi.

Mon père a détourné le regard ; j‘ai su alors qu’il ne me regarderait plus jamais. Il s’est adressé au chirurgien : « On l’ampute. »

Je panique, sous les yeux l’image de la sœur-tronc, le fardeau *ad vitam.*

« Qu’elle meure ! Pour que je continue à vivre. »

C’est ainsi que jc suis devenue au sein du groupe celle qui a voulu tuer sa sœur.

La *sororicide.*

Pourtant ce n’est pas nouveau, dès sa naissance j’ai désiré sa mort.

Me voilà exclue du groupe.

Je l’étais déjà officieusement depuis mon enfance. Trop grande, trop blonde : j’ai toujours fait tache au milieu de cette famille d’êtres typés sémites.

Personne ne m’a demandé pourquoi je portais une minerve.

Ma sœur allait fêter ses vingt ans. C’est l’holocauste de ses bras et jambes qui m’a sauvée.

Quand la sonnerie du téléphone eut résonné dans l’appartement, mon mari cessa soudain de me battre.

Elle a sonné longtemps, dans le vide.

Sonnerie, le mot ne convient plus à définir les pseudo-mélodies qui remplacent le *drrrrriiinng* d'antan. La mélodie doucereuse du téléphone était déconnectée de la scène qu'elle interrompait : homme en transe, femme en sang.

Des heures plus tard, après que la police est venue, j'ai écouté le message.

C'était mon père.

« Lucyle, ta sœur est dans un état grave.

» Elle est dans le coma.

» On part avec ta mère pour la ramener à Paris. »

Kôma, sommeil profond. Même étymologie que cimetière. Coma, ça sonne comme un glas.

Kômma, virgule en grec. Pour marquer une pause. Reprendre son souffle, signifier l'importance d'un mot, d'une proposition.

Marquer l'incise.

Incision. Chairs putréfiées. Scalpel. Scie.

7

LES MORTS

J'avais donc conscience de m'ennuyer.

Un ennui perpétuel.

Imperceptible.

Une si lente dissolution.

Au contraire, je fais partie de ces êtres dont on envie l'existence. Dissonance qui accroît l'ennui en m'isolant encore davantage.

Pourtant, je n'économise pas mes efforts. Je ne suis pas misanthrope, les autres m'intéressent. Mais ils ne comprennent pas l'élan sincère de ma curiosité à leur égard, aveuglés par l'orgueil de retenir l'attention d'un autre.

Mon univers s'est étréci, se résumant de plus en plus à des habitudes.

Les habitudes sont parfois des désespoirs.

Je m'en rendais compte tout en me laissant engloutir par un tropisme qui me portait vers le macabre et m'éloignait du monde.

Les vivants m'ennuyaient, je cherchais mes distractions auprès des morts.

Parmi mes habitudes, je décrypte les annonces nécrologiques. Parce que je ne pleure pas, je lis la mort des autres, submergée par les sanglots qui saluent ceux qui meurent.

Ceux qui restent : à chaque rubrique *Souvenirs* de la dernière page des quotidiens, je m'interroge sur le profil psychologique de l'être qui songe, année après année, à faire paraître un avis pour rappeler aux yeux du monde l'anniversaire de décès d'un être cher. De ces deuils impossibles, il y en avait une flopée !

Qui pouvait ainsi se complaire dans la permanence de la douleur ou l'exhibition : « lisez comme je souffre » ?

Se pouvait-il qu'il faille paraître malheureux comme il s'agit de paraître heureux ? La bienséance des apparences nous gouverne jusque dans le chagrin.

Je n'ai jamais rencontré l'un de ces commanditaires, infatués de leur deuil. Pourtant ils existent et sont une rente pour les journaux : la mort est facturée à un prix plus élevé, quasi le double des annonces concernant les vivants, naissances, fiançailles, mariages, anniversaires… On fait payer le malheur.

La mort est un *business* florissant.

Je possède un carnet sur lequel je retranscris celles qui ont retenu mon attention.

Recueil d'haïkus funéraires.

La manière de les rédiger est en général monotone ; on évite les mots définitifs tels que mort ou suicide. On enrobe les faits dans un joli linceul brodé de lettres fleuries : « *Il ou elle nous a quittés* »… Comme si le macchabée allait ressusciter. Ou encore « *X s'est éteint…* », « *a disparu* »… Que de métaphores !

J'aime bien celle qu'utilisent les Canadiens pour signifier un suicide : « *Y s'est enlevé la vie.* »

S'enlever la vie.

Je n'ai jamais désiré *m'enlever la vie*, je voudrais la trouver.

Où et comment ? En observant les morts, ainsi que contempler son propre cadavre.

Étapes d'une mue.

La peur de la solitude ne s'affaiblit pas dans la mort ; on lit souvent qu'un homme « *a rejoint* » une épouse ou un fils, qu'une femme est enterrée dans le caveau familial, avec tous ceux qui l'y ont précédée.

La solitude est encore plus inacceptable mort que vivant.

On tombe parfois sur des *perles rares* que je recopie dans mon carnet bleu.

Celle-ci, pour la dernière ligne de l'annonce qui sonne comme un glas :

Il y a quatorze ans, le 15 décembre 1996
Éloïse, quatre ans,
était tragiquement arrachée à la vie, seule,
abandonnée par celles et ceux chargés de
veiller sur elle ou de la secourir.
Ni oubli ni pardon.

Ni oubli ni pardon, signature térébrante.

Ni fleurs ni couronnes.

Le double suicide d'amour :

La famille et les proches
ont la douleur de faire part du décès de
Annette et Charles B.
Le 2 septembre 2010
à Alençon où ils s'étaient installés.
Dans leur quatre-vingt-deuxième année,
Ils ont choisi ensemble
Une fin libre et digne.

Lequel des deux a sacrifié sa vie pour l'autre, Annette ou Charles ?

La mort tragique d'un seul condamne parfois les descendants à l'expiation d'une histoire qui ne leur appartient pas :

Souvenir
Le 29 mars 1944, le capitaine

Raoul V.
Évadé de l'Oflag XC
Était assassiné à Mauthausen.

Construction *post mortem* de la légende : ça n'existe pas l'homme parfait. Sauf quand il meurt.

On porte haut l'objet mort. Trop haut.

Chacun d'entre nous est le dépositaire d'une tragédie familiale. Insidieuse. La débusquer puis s'en libérer.

Le 15 avril 2008,
Jacques S.
Disparaissait à tout jamais.
Deux ans déjà, c'était hier.
Chaque jour nouveau,
Tu es partout avec moi.
Ta chérie, ta compagne d'éternité.

Pauvre *chérie* devenue morte vivante, maintenue par le seul souvenir de l'être aimé.

La mort est entonnoir.

Ces annonces : une mine de renseignements sur le mort, son âge, son origine, son métier, sa religion, la manière de mourir : maladie, accident, suicide, sur sa famille, le choix de la sépulture ou de l'incinération, les rares mourants qui souhaitent donner leur corps à la science… Quelques lignes pour résumer une vie entière.

Sur leurs auteurs aussi : à travers ces annonces sont projetées toutes les peurs des vivants.

Elles sont un concentré de l'aversion pour la mort que transmet la civilisation occidentale alors qu'ailleurs bien des peuples sont à l'aise à son contact.

Et pour tout ce qui se réfère à elle : le manque, la séparation, le vide, l'absence, l'abandon. Cinq mots qui résument les périls intimes de toute existence.

Si l'on meurt tous, on ne crève pas de la même manière : rien n'est moins égalitaire que la mort.

C'est l'agonie qui pose problème. Ou plutôt l'anticipation que chacun fait de ce qu'elle pourrait être.

La peur de la *dégradation*.

Liquéfaction : sang, pisse et bave que l'on ne retient plus ; la dignité humaine s'écoule de soi.

Si la mort n'est rien pour celui qui meurt, en revanche, quelle sera la durée de ce qui la précède, les souffrances contingentes ?

Pour certains, l'agonie dure toute une vie.

8

ORIGINES

Revenir aux origines, c'est le commencement de la compréhension de ce qui façonne un être et conditionne sa trajectoire. Nous sommes un condensé de ce qu'ont été nos aïeux, même ceux que l'on n'a pas, voire peu connus. Et par une fatalité étrangement répétitive on se construit contre ou de façon semblable, héritiers à notre insu de l'arborescence dont on est le fruit.

Qui suis-je ? Se raccrocher aux données tangibles dont on ne sait quels monstres elles enfantent parfois.

Le prénom, d'abord.

Rien n'est moins anodin que prénommer l'enfant qui vient de naître. Si seulement les parents prenaient conscience de la responsabilité qui leur échoit ! On plaque comme une fatalité les prénoms de morts qui l'ont précédé sur le nouveau-né.

À peine paru, déjà nommé, toute innocence perdue.

En Islande, l'usage veut que l'on attende trois mois avant de choisir un prénom pour le bébé. Trois mois pour faire connaissance et imaginer celui qui lui conviendra le mieux. Pas le prénom d'un mort. Le sien, en propre.

En France, c'est hors la loi.

On a choisi de m'adjoindre le fantôme de Lucyle.

Avec un Y.

Orthographe étrange qui me valut bien des déconvenues quand il s'est agi d'apprendre à l'écrire. J'enviais les Marie, les Pia, les Anne dont les cahiers d'écolières n'étaient pas couverts de ratures. Il me fallut plus d'un an pour maîtriser ce prénom encombrant.

On bute sur le Y.

Cette lettre, féminine et sexuelle, qu'on eût dite plantée au centre du prénom, trace la cartographie d'étranges affluents dont le sillage résonne comme l'affirmation d'une fission au point même de leur confluence.

Le nom ensuite.

Et l'héritage de l'histoire familiale qui l'accompagne.

Lourd, forcément.

Stormnevsky. Amputé de sa désinence. Stigmate encombrant d'une judéité obvie.

Lucyle Storm, donc.

Lucyle *Orage*.

Ce n'est guère mieux.

« *So foul a sky clears not without a Storm*[1] », dit Jean sans Terre.

Arrière-petite-fille d'exilés, amputés de leurs racines, de leur terre. Branche caduque engloutie par l'Histoire.

Quadruple culture, ashkénaze et séfarade du côté des aïeux, française et anglo-saxonne.

Naissance à Paris, enfance à New York, puis la France à nouveau.

Je viens d'avoir trente ans.

Nullipare.

En instance de divorce.

Je suis bissexte de 1980. Certaines années, je n'existe pas.

De mon grand-père maternel, un Breton bourlingueur, je tiens ces gènes vikings. Ce géant blond aux yeux délavés s'éprit en secret d'une petite Juive séfarade rencontrée lors de ses pérégrinations en Afrique du Nord. Elle avait de beaux yeux noirs et le teint olivâtre de ses lointains ancêtres espagnols qui choisirent l'exil en 1492. De leur union naquit une fille unique, ma mère, aussi noiraude que l'était sa propre mère. Sans attendre la naissance, il quitta ma grand-mère pour courir d'autres aventures. Elles ne l'ont jamais revu.

Étant son portrait féminisé — on me l'a suffisamment reproché —, l'opprobre qu'il aurait dû porter a

1. « Un ciel aussi sombre ne s'éclaire pas sans une tempête. » (Shakespeare, *The Life and Death of King John*, acte IV, scène 2.)

donc rejailli sur moi. Ni ma grand-mère ni ma mère ne m'ont jamais prodigué de soins ou d'attentions plus que nécessaire.

Ma mère rencontra son futur mari en fréquentant la synagogue de la rue Copernic. Elle s'enticha de cet homme longiligne au visage émacié, affublé de lunettes rondes qui lui conféraient le charme des intellectuels de la Mitteleuropa.

Regard perçant, nez aquilin, cheveux bruns coiffés en arrière comme pour accentuer le grand front pensif déjà strié de profondes rides, stigmates de l'héritage des souffrances ashkénazes.

Mon père soutint le choix de ce prénom, Lucyle, ignorant ce à quoi il me condamnait ainsi. Il recevait la blondeur de ce nourrisson comme une lumière divine tandis que ma mère, conditionnée par les récits vengeurs de ma grand-mère sur son père manquant, ne voyait que punition, rappel du sacrifice et de l'abandon.

C'est ma grand-mère, Esther Molina, qui imposa Lucyle.

Pourquoi ? Il faudra que je l'apprenne un jour, pour faire connaissance avec mon fantôme.

Ma différence physique me maintenait en retrait de ce groupe soudé qui pratiquait la religion à l'excès. Je me révoltais contre cette souffrance inscrite dans leurs gènes : ils y consentaient avec une facilité déconcertante. Tous les codes secrets de mon père reprennent en ordre aléatoire le matricule du grand-père, seul rescapé des camps. Tout était à l'avenant.

Je les observais à distance. Passive, je suivais leurs règles sans sincérité. Encore enfant, je sentais déjà que mon apathie était une agression. Je percevais leur agacement et, secrètement, m'en réjouissais. Je me réjouissais de n'être pas comme eux, de refuser ce passif qu'il cherchait à m'imposer. J'étais la rature dans leur arbre généalogique construit depuis des siècles avec tant de méticulosité.

Mon père était le seul dont le regard ne m'ostracisait pas. Jusqu'à la naissance de ma sœur. Ma sœur honnie. Petite *jewish princess* dont le physique reflétait si parfaitement ses ascendants.

Que sa fille préférée fût sans bras ni jambes, il l'acceptait avec la même docilité que celle de ses aïeux avançant en rangs serrés vers les fours crématoires. Disciplinés jusque dans la douleur. Le *fatum* de l'expiation.

J'ai grandi *à l'écart* dans la *cellule* familiale.

Cellule d'isolement.

Je n'ai manqué de rien.

Je manquais de tout.

Je ne me sens pas vivante. Sentiment que ma vie ne m'appartient pas.

De quoi suis-je amputée ?

Enfant, à la question rituelle : « Que veux-tu faire quand tu seras grande ? », je répondais : *absente*.

9

CRIS

Mes poches sont lestées de pierres.
Impossible d'avancer.
Je ne veux pas me noyer.
À l'aide !
Au secours !
Personne ne vient.

Au début d'un été, ma sœur n'était pas encore née, la famille s'était réunie dans la villa du Canadel, dans le sud de la France, où nous revenions chaque année pour les grandes vacances, dans une vaste demeure des années 20 avec un parc planté d'essences tropicales qui descendait en pente douce jusqu'au rivage. Un ancien réservoir, en contrebas du bâtiment principal, avait été aménagé en piscine que l'on remplissait lentement au rythme du tuyau d'arrosage. L'installation était rudimentaire : il n'y avait ni échelle ni escalier. Pour y nager, il fallait attendre que l'eau affleure. La profondeur du bassin nécessitait deux jours pour qu'il fût plein à ras bord durant lesquels le jardinier plaçait une échelle afin que j'y descende barboter en ayant pied.

Ce rituel du remplissage était l'une des joies de mon enfance qui marquait le début des vacances.

L'été de mes neuf ans, je me suis retrouvée seule dans le bassin. Quelqu'un avait ôté l'échelle. Je n'avais rien vu ni entendu, accaparée par mes jeux. L'eau montait. J'avais encore pied. Je hurlais de toutes mes forces. Impossible de grimper aux parois en pierre lisse. La panique et le froid me gagnaient. J'ai cru mourir.

Il fallut plus d'une heure avant qu'on vînt me secourir. Le jardinier.

Une heure de cris, seule dans la touffeur du silence estival occupé par les stridulations des grillons.

Je suis restée aphone une semaine.

Jamais plus je n'ai nagé dans le bassin.

La phobie de la noyade s'est ancrée en moi au point que je suis incapable de me baigner sans avoir pied.

On n'a jamais su qui avait ôté l'échelle.

Cet après-midi-là, ma mère avait fait un malaise. Tout le monde l'entourait.

Cet après-midi-là, mon père m'apprit que j'allais avoir un frère ou une sœur.

Il n'y avait plus de place à ma détresse d'enfant dans son bonheur.

Cet après-midi-là, je quittai l'enfance.

Vingt ans plus tard, je ressens cette même panique, la peur de sombrer.

Ne pas être engloutie.

Aucune alternative sinon descendre dans les abysses intimes.

Je me perds dans ce dédale : tout labyrinthe, en écho à nos propres entrailles, contient un monstre auquel il faudrait oser se confronter.

Seul.

Ce sont mes viscères qui s'étalent ; de ces boyaux s'exhale ma propre monstruosité.

Ne te détourne pas. Regarde ! Mais regarde donc !

La lampe frontale éclaire des lambeaux du passé.

Passé hérité.

Passé lointain.

Passé proche.

Notre présent et notre futur se vivent ou s'anticipent dans l'ignorance des résurgences inépuisables et impromptues de nos passés.

Somme des passés qui engluent : mes deux pieds sont comme coulés dans un bloc de béton.

Se débattre.

Remonter à la surface.

Respirer.

Dans cette grotte qui est mon inconscient, les parois sont recouvertes de graffitis.

Glyphes mystérieux.

J'observe ce qui m'appartient mais dont je ne veux pas me souvenir.

Lu dans les *Carnets du sous-sol* : « *Il y a dans les souvenirs de chacun des choses qu'il ne révèle pas à tout le monde, mais seulement à ses meilleurs amis. Il y a des choses qu'il ne révélera pas même à ses amis, mais seulement à sa propre conscience, et encore — sous le sceau du secret. Et il y a enfin des choses que les hommes craindront de révéler même à leur propre conscience, et ces choses, même chez les hommes les meilleurs, il y a une quantité qui s'accumule*[1]. »

Il y a des parois que je n'éclaire pas.

Sur celle qui est dans mon dos, il y a deux bras et deux jambes.

Ce sont les membres de ma sœur.

Éclairés par les flammes des bûchers.

Pour éteindre les incendies, il faudrait écouter les morts.

Mais comment quitter cette surdité héréditaire alors que j'entends à peine quand les vivants parlent ?

S'approcher pour discerner des voix que je n'avais encore jamais perçues. Jusqu'à descendre aux enfers les retrouver et les faire avouer.

Litanies d'outre-tombe.

1. Dostoïevski, *Carnets du sous-sol.*

Écouter pour passer dans un autre temps.
Évacuer l'involué retenu dans mes cellules.
Et naître enfin.

Quand j'étais enfant et que nous habitions encore à New York, j'adorais entendre la stridence des sirènes des camions de pompiers, des cars de police et des ambulances qui déchiraient nuit et jour le tumulte urbain. Enfin quelque chose hurlait aussi fort que ce cri retenu en moi dont mes cordes vocales échouaient à reproduire la puissance.

Ce cri que je ne pouvais pas pousser, c'était l'agrégation des cris de souffrance de ceux qui m'ont précédée. Ils se sont sédimentés dans l'enfant que j'étais.

Avec le *premier* cri que ma mère n'a pas entendu. Ne voulait pas entendre.

La tétanie crée le silence. Amputée de la capacité de raconter, douleurs, hontes et humiliations.

Ces cris, je les ai entendus plus tard, dans certains livres.

Ils donnent leur sens aux silences.

10

HABITUDES

Si la plupart des êtres se lèvent chaque matin en pensant vivre une journée ordinaire, répétition rassurante, certains se réveillent à l'affût d'un événement infime susceptible de faire basculer leur existence. Des jours, des années s'enchaînent sans que rien ne se passe.

J'attendais que quelque chose arrive.

Plus les années défilaient, plus j'attendais, anéantie sous une pesanteur dont peu à peu se dessinaient les contours.

Ce que j'en percevais m'affolait. La délimitation était hors de portée visuelle.

Seule l'irruption de l'inattendu pourrait me sortir de ma torpeur.

Comme chaque jour, ce matin du 25 septembre 2010, je suis sortie dès mon réveil courir le long de la Seine en remontant vers les Tuileries.

Un rayon de soleil bas éclaire la nature qui meurt lentement, les feuilles roussies des marronniers jonchent déjà les allées. Dans le ciel, quelques mouettes, résurgence océanique dissonante au cœur de la cité, lancent leur cri gorgé d'embruns.

Les villes nous confrontent sans cesse à l'inanimé.

Ressentir le passage du temps au contact de ces éléments perdus dans l'urbain : rectangle de ciel, ruban d'eau, parcelle de terre. Le cycle de la nature me rappelle que je suis en vie.

En rentrant, je m'arrête au kiosque, j'achète le journal.

Après m'être douchée, je prépare mon petit déjeuner que je prends au lit avant d'entamer la lecture du quotidien, par la fin.

Toujours le même parcours, toujours le même journal, toujours le même menu. Routine qui phagocyte peu à peu ce qui reste de hasard dans les existences balisées de chacun. Cécité de l'habitude qui fait qu'on ne regarde plus vraiment le paysage en ouvrant chaque matin sa fenêtre.

Implacable affadissement du réel dont on ne sait plus extirper les mille détails qui pourraient être autant de réjouissances infimes. Et la vie devient un horizon morne et chlorotique : recroquevillé sur le sol, on assiste passif à l'évulsion de ses rêves, une à une on voit s'éteindre les couleurs ; il n'y a plus de perspective que le néant.

J'aimerais retrouver le hasard de l'*inachevé*.

Traquer le surgissement dans la mécanique huilée des vies ordinaires.

Je me rassure en me disant que je ne connais personne qui modifierait chaque jour le menu de son petit déjeuner. Imagine-t-on quelqu'un qui le lundi prendrait café noir et tartines beurrées, le jour suivant des œufs et du thé, un autre des fruits et du fromage… ? Non ! Je me force donc à regarder avec attention chaque matin par la fenêtre de ma chambre et noter les moindres modifications de ce paysage urbain à peine soumis aux saisons. Pour conjurer le sort.

Pourtant, c'est bien ce matin-là qui ressemblait aux précédents que mon regard se figea sur une annonce nécrologique :

29 mars 1980 – 25 septembre 2000
Laure Han
Tant aimée.

Était-ce le dépouillement de la formulation ? Rien n'est dit, tout est là, pourtant. Sans que s'insinue nul soupçon de vulgarité outrancière quant à la véracité du chagrin. On approche la perfection dickinsonienne :

Toutes choses balayées,
Voilà — l'immensité —[1].

Laure est aimée, *tant* aimée. Pourtant Laure est morte.

Je suis vivante, je n'ai pas la conviction d'être aimée.

Mon mari a tenté de me tuer.

Ma sœur a perdu ses bras et ses jambes.

Mon grand-père est mort depuis si longtemps.

Mon père ne me regarde plus.

Ma mère ne m'a jamais regardée.

Ma grand-mère non plus.

Si je venais à décéder, qui penserait à faire passer une annonce ?

Personne.

Tant d'éléments ont été mis en branle ce matin-là et bien avant pour que paraisse cette annonce ; s'il fallait en dessiner l'arbre généalogique, il serait l'aboutissement d'une ramification tentaculaire.

Concaténations tragiques des destins qui se croisent.

Le hasard n'est qu'un autre nom du destin.

Laure Han, jeune morte décédée à vingt ans.

Elle était mon amie.

Ma seule amie.

1. *All things swept sole away / This—is immensity—* (Emily Dickinson).

11

LAURE HAN

Trois lignes dans un journal dessinent son fantôme.

Dix ans après sa mort, quelqu'un vit dans le souvenir de la jeune femme : son père, ou son fiancé ? L'un de ces deux hommes qui l'aimaient *trop.*

J'avais quinze ans quand nous avons quitté New York. En arrivant à Paris, je rencontrai Laure Han au lycée. Nous nous sommes reconnues avant même de nous adresser la parole.

Une sorte de prélangage commun, silencieux, s'établit parfois entre deux êtres. Par miracle.

Laure ressemblait à une icône byzantine, avec ses grands yeux noirs et sa longue chevelure lisse qui dessinait un casque sombre à une carnation liliale.

Elle était fille unique et orpheline de mère depuis sa naissance. Ce manque de mère nous avait réunies.

Laure collectionnait les lettres d'amour. Chaque jour elle m'en lisait une.

Ensemble nous arpentions les foires aux livres, dévalisions les marchands d'autographes.

Le couple que nous formions nous éloignait des autres. Nous n'étions ni dans notre époque ni dans notre milieu.

Les lettres d'amour sont devenues notre fil d'Ariane pour nous guider dans le dédale de cette époque dont nous nous sentions exclues, à laquelle rien ne nous rattachait. Cherchions-nous à échapper à la dévoration du Minotaure ? Ou bien n'était-ce que l'expression du besoin de se prouver qu'il est possible d'aimer et d'être aimée ? Purger ce sentiment oppressant de ne l'avoir pas été suffisamment. Ou trop.

Laure conservait auprès d'elle un talisman : le moulage d'une main en bronze. Elle la posait sur le dos et glissait sa propre main dans la paume ouverte. Ce geste, elle l'effectuait des dizaines de fois chaque jour. C'était la main de sa mère. L'intérieur avait pris une patine plus claire à force d'avoir été caressé. Que ne sait-on déchiffrer les chemins tortueux qui s'y inscrivent, dessinant un réseau dense de lignes fines : lignes d'amour, de chance, de vie, de tête… Mystérieuse chiromancie qui prétend y lire le destin de chacun. Il lui arrivait de s'en saisir sans rien faire d'autre que sourire. Je la regardais en silence s'éloigner auprès de l'absente.

Laure était violoniste. Pour ses quinze ans, son père lui avait offert un instrument de grande valeur.

Selon elle, les grands maîtres luthiers devaient parvenir à une symbiose avec les interprètes. De cette alchimie naissait l'instrument, le véritable passeur d'émotions.

Contrairement aux peintres qui éclaboussent une toile de lumière avec n'importe quel pinceau et quelques couleurs posées sur une palette, ou aux écrivains qui peuvent « *écrire comme personne avec les mots de tout le monde* », le don seul du violoniste ne suffit pas à transcender la partition.

Le réglage du luthier suppose une parfaite harmonie avec l'interprète. Au centre de la caisse de résonance, il y a une petite pièce de bois transversale appelée *âme*. C'est le centre névralgique de l'instrument qui transmet la vibration des cordes. Le luthier règle l'âme du violon. Laure faisait donc réparer son *âme* par un luthier de la rue des Petits-Champs, à côté des jardins du Palais-Royal.

Au fil des ans, elle tomba amoureuse de l'homme qui réglait son *âme*, François Vuillaume.

Ils avaient décidé de se marier pour les vingt et un ans de Laure.

Je ne comprenais pas pourquoi elle tenait secrète cette décision. Laure comptait l'épouser sans l'approbation paternelle.

Elle ne parlait jamais de son père. Se renfermait dès qu'il surgissait dans nos conversations.

« Pour garder ses rêves intacts, il ne faudrait pas chercher à les réaliser, me dit un jour Laure.

— Ça reviendrait à ne pas vivre », lui répondis-je.

12

SANG

Laure Han s'est suicidée à vingt ans.

C'est à ce moment précis que j'ai commencé à *collectionner* les suicides.

Si Laure est la première suicidée d'une longue liste, les suivants n'ont jamais atteint sa perfection tragique.

Elle est morte en saignant. Parce qu'elle ne saignait plus depuis qu'elle était tombée enceinte.

Un soir, elle a pris l'une des épées que son père conservait dans un cabinet privé. Elle l'avait décrochée et descendue à l'étage qui lui était dévolu dans l'hôtel particulier familial.

Elle a attendu que les lumières s'éteignent pour s'empaler sur l'arme qu'elle avait coincée verticalement entre deux chenets de bronze. De tout son poids elle se laissa tomber sur la lame qui s'enfonça dans son vagin, d'un coup, tuant en même temps le fœtus qu'elle portait.

On l'a retrouvée le lendemain matin, vidée de son sang.

Laure Han aurait pu choisir une issue moins douloureuse, mais elle avait voulu souffrir.

L'expiation ne sert à rien.

La quête impossible d'une auto-absolution ? À moins qu'elle n'ait voulu punir quelqu'un, consciemment ou pas.

Elle a embroché l'enfant qu'elle attendait.

De son père.

Laure Han était *trop* aimée.

Le problème des relations humaines, c'est la distance.

Trouver la juste distance. Ni trop près ni trop loin.

Le *tabou* incarne les dérèglements du désir et sa dérive incestueuse en codifiant toute société *humaine*.

Anaïs Nin, inhumaine ?

« ... *Père m'a demandé de me rapprocher de lui... "Permets-moi d'embrasser ta bouche"... J'ai hésité... Je désirais sa bouche mais j'avais peur, j'avais l'impression que j'allais embrasser un frère... Nous nous sommes embrassés et ce baiser a libéré une vague de désir... Joie de quelque chose d'innommable, d'obscur... Il m'a caressé les seins et les bouts se sont durcis. Mon corps cédait à la pénétration de ses doigts, mais je résistais, je résistais à la jouissance... "Je veux que tu jouisses, dit-il. Jouis"... Mais j'étais incapable de jouir et, pour lui échapper, j'ai fait semblant... J'ai senti la dureté de son sexe...* [*je*] *me suis couchée sur lui... Son visage extatique et moi folle de désir de m'unir à lui... ondulant, le caressant, me collant à lui. Son orgasme fut terrible... il s'est vidé tout entier en moi... et mon consentement était sans limites... avec seulement ce noyau de peur qui m'a empêchée d'éclater dans un suprême orgasme*[1]. »

Anaïs Nin est humaine : elle s'interdit de jouir quand son père la pénètre.

Laure Han a-t-elle joui quand son père l'a pénétrée ?

Probablement. Elle n'aurait pas choisi de se tuer en souffrant si atrocement. Elle a expié son *inhumanité*.

Laure Han est morte d'avoir joui *à mauvais escient*.

Laure Han désirait épouser par amour un homme avec lequel elle n'avait jamais couché.

Laure Han désirait échapper au père qui la baisait.

Phèdre contemporaine, elle n'a pu surmonter la réalité. La réalité de tomber enceinte. Quand Laure comprit qu'elle attendait un enfant de son père, ce père qui l'aimait trop, ce père qui l'aimait mal, elle a perdu son étoile.

La nostalgie est le désir perdu.

La veille de son suicide, elle m'a tout avoué. Sans larmes.

1. Anaïs Nin, *Journal de l'amour, 1932-1939* (23 juin 1933).

De sa voix claire elle égrenait les mots de l'horreur, doucement.

« Mon père n'aura pas de descendance », me dit-elle.

Je l'ai prise dans mes bras.

Que pouvais-je faire d'autre ?

Prisonnière de sa mélancolie, flottant dans ce temps dissolu sans repères ni perspectives, toutes les potences lui étaient promises.

En coréen *han* signifie une tristesse profonde teintée d'une lueur dont la ténuité laisserait un doute sur sa réalité.

Han est un soupir…

Nous sommes deux à porter le secret de son suicide, son père-infanticide et moi.

Quand le permis d'inhumer fut accordé, nous allâmes ensemble récupérer son corps à l'I.M.L.

Acronyme banal pour un lieu qui ne l'est pas.

Accéder à l'Institut médico-légal de Paris relève de l'épreuve urbaine : on traverse un entrelacs de voies rapides pour déboucher, sous un pont, dans un *no man's land* hostile où végètent les *indésirables* : clochards avinés, immigrés sans toit ou jeunes à la dérive. Au plus près de la mort.

La porte métallique franchie, s'ouvre un paradis aseptisé. Rupture entre deux mondes.

Lumière artificielle, voix prévenantes. Anges en blouses blanches.

Il faut remplir un formulaire. Cocher des cases : costumes, robe, chaussures… Nous n'avions rien apporté de tout cela. Une étoffe brodée pour y envelopper le corps de Laure. La case *linceul* n'existe pas dans la nomenclature de l'I.M.L. établie par des fonctionnaires sans imagination.

La dépouille fut apportée dans une pièce séparée où l'on est supposé se recueillir.

Avant de refermer le couvercle du cercueil, le père déposa sur le torse de sa fille la main de bronze qu'elle ne lâchait jamais.

Nous quittâmes l'I.M.L. avec le corps. Dans le cercueil. Dans le corbillard. Pour la mettre en terre.

C'était la première fois que je voyais un cadavre.

13

SUICIDE

Je suis une *collectionneuse* de suicides.

Tout le monde connaît un suicidé, au moins un.

Des vertiges strictement humains, celui dont on cherche à se désengager le plus, c'est la mort.

À cet effet, on construit des fictions qui nous entraînent vers d'autres territoires, d'autres illusions.

Les fausses existences s'érigent. Font de nous des morts-vivants. Elles poussent sur le terreau de la négation des commencements.

Au lieu de se préoccuper de l'au-delà on devrait questionner l'en deçà.

À un moment donné, le passé, constitué de notre enfance et des vies dont on est issu, nous rattrape comme un boomerang envoyé si loin qu'on l'aurait oublié avant qu'il ne revienne nous frapper derrière le crâne.

Assommés.

Toutes nos angoisses et nos obsessions, le moindre de nos comportements, tout vient de notre enfance ou de nos morts.

Il ne s'agit plus de nier.

Soit on apprend à vivre avec, soit on se tue.

On vit dans un monde où désormais les êtres humains sont moins menacés par les guerres ou les meurtres que par le suicide.

Si l'homme se suicide davantage que la femme, c'est parce qu'elle se rate plus souvent. Pour mourir, un homme utilisera des moyens plus radicaux.

Mon dernier suicidé remonte à moins d'un an ; il traversait l'existence l'air joyeux, réputé bon vivant. Il vivait avec une femme aimante, était le père d'une petite fille de dix ans. Il était l'un des piliers du divertissement de nos assemblées mortifères.

Un soir, il s'est couché. A-t-il dormi ? Le matin, après avoir fait sa toilette, rasé de près, il s'est tué.

C'est cet intervalle qui glace, ce temps entre la prise de décision et l'exécution.

Ce temps du face-à-face avec la mort, ultime étape d'un chemin solitaire au milieu d'une foule dont on ne perçoit plus que la lointaine rumeur.

Lente pérégrination jusqu'à l'irrémissible constat d'impuissance : vivre avec soi devient l'*Impossibilité*.

Quand la mort délivre de la vie : se suicider c'est en finir avec l'idée de mourir.

Y songer peut aider à survivre : il existe une issue, la possibilité de supprimer l'avenir en tuant le présent. Agnosie potentielle à portée de main, de corde, de revolver, de saut dans le vide, de plongeon.

L'enseveli en nous : en chacun existe ce lieu d'ombres où se déposent les sédiments de vérités dont parfois nous parviennent des échos incompréhensibles.

Quand l'intermittence de ces remontées se réduit au point de ne plus entendre que la cacophonie d'une seule pensée suppliciante,

Quand la désespérance détruit chaque aube,

Quand l'intime se recroqueville dans sa gangue épineuse,

Quand toute possibilité d'être au monde est exclue,

Quand il n'y a plus que l'obscurité,

Alors on passe à l'acte.

F. s'est levé un lundi matin d'automne, il est sorti de chez lui. Dans le parc, en bas de son immeuble parisien, un dirigeable a été installé il y a un an. Il est monté le premier. Quand le ballon a eu terminé son ascension, culminant à cent vingt mètres de haut, F. a sorti de sa poche un cutter, il a déchiré le filet de protection et s'est jeté dans le vide sans que le pilote n'ait eu le temps de réagir.

Son corps gisait, disloqué, au beau milieu du parc André-Citroën, au moment où les jeunes enfants commençaient d'arriver.

F. avait tout prévu dans les moindres détails : il ne voulait pas louper sa sortie.

Il n'a pas laissé de lettre.

Laure Han n'avait rien écrit.

Mes suicidés n'ont jamais laissé de lettre.

Parce que ça ne sert à rien de chercher à expliquer un tel geste ; leur douleur est inaccessible.

Le suicide est-il un acte de courage ? La réponse n'intéresse que ceux qui n'ont pas tenté de se tuer : les *mutilés* qui l'ont envisagé et n'ont pu s'y résoudre.

Cet homme est mort noyé, englouti par les nappes phréatiques de son chagrin.

Absence de larmes : l'ennui de vivre n'a pu sourdre.

Tout suicide pose cette interrogation spéculaire : pourquoi vivons-nous ?

Vivre ne va pas de soi.

Se méfier des gens épanouis, des gens dont l'existence pourrait même faire parfois envie. Car au fond de chacun gît la ressouvenance de nos blessures d'enfance. Ou d'en deçà de l'enfance.

C'est la défaite de l'intelligence sur les souffrances du début de la vie, l'impossibilité de raisonner sur soi.

Toute une vie ne suffit pas à surmonter cette fatalité d'un engrenage né bien en amont de soi : l'intelligence titube face au gouffre abîmeux.

Ingeborg Bachmann, dans l'une de ses lettres à Paul Celan, écrit en août 1959 : « … *c'est là où ce qui est suspect ne saute pas aux yeux qu'on finit par déraper*[1]. »

Onze ans plus tard, dans la nuit du 19 avril, le poète enjambe le parapet du pont Mirabeau.

Il avait sur lui deux billets pour une représentation d'*En attendant Godot*…

Gisèle Celan à Ingeborg Bachmann, le 10 mai 1970 :

« … *Paul s'est jeté dans la Seine. Il a choisi la mort la plus anonyme et la plus solitaire. Que puis-je dire d'autre, Ingeborg. Je n'ai jamais su l'aider comme je l'aurais voulu…*[2]. »

On ne peut pas aider quelqu'un qui a décidé de se tuer.

Moi non plus, je n'avais pas su aider Laure Han.

Pourquoi ne puis-je pas pleurer ?

1. Ingeborg Bachmann, Paul Celan, *Le Temps du cœur, correspondance.*

2. *Ibid.*

14

CIMETIÈRES

J'aime les cimetières.

Je ressens une forme d'apaisement dans ces *koimêtêrion*, dortoirs qui promettent une quiétude immutable.

Dernière demeure, drôle d'expression qui suggère la nécessité pour les futurs morts de transposer leurs codes sociaux dans le monde d'après. Habiter quelque part, quand on n'a plus besoin d'un lit pour dormir ni se réchauffer à quelque flamme les soirs d'hiver. Et là encore, perpétuation des hiérarchies : il y a les demeures de grand luxe et les H.L.M. de la mort.

Ça ne se fait pas de mourir en deçà de ses moyens.

Il y a donc les morts qui ont un *chez-soi*, et les autres, perpétuels S.D.F. dont les cendres sont dispersées aux vents.

Je crois que je préférerais voguer ainsi, renoncer à la sédentarisation *post mortem*.

Et puis ça dépend des voisins.

À côté de Beckett, au cimetière Montparnasse, pour échanger en silences des didascalies d'outre-tombe ? Mais tout lasse. Même une non-conversation avec Beckett, si c'est à jamais.

De l'ennui d'être mort car il n'y a pas de fin à cet état. Se souvenir que c'est le temps compté qui imprime à chaque instant sa sapidité. Tout ce qui s'inscrit entre un début et une fin. Tout ce qui est susceptible d'être détruit.

Pas besoin de rendez-vous pour les visiter, les morts sont là à attendre.

Au cimetière Montparnasse, après la visite à Beckett : crochet du côté de la colonne de Nerval.

Il s'est pendu un soir d'hiver à une grille d'égout.

Dans le silence d'un paysage urbain enseveli sous un suaire de neige.

Même les morts peuvent être snobs : pour *lancer* le cimetière du Père-Lachaise au début du XIXe siècle — trop de morts, pas assez de place — il fallut qu'on y transférât les dépouilles de célébrités. Les caveaux s'arrachèrent !

Proust y est inhumé.

Stèle de marbre noir.

Un jour gris de fin novembre, je suis allée la photographier. J'avais posé sur la surface lisse les souliers rouges d'Oriane de Guermantes.

C'est ma première image. Elle a rejoint les centaines de clichés que je conserve dans des albums reliés, sépultures célèbres ou anonymes.

Parfois j'y glisse un élément. Qui m'appartient.

Petite fille, j'accompagnais mon père quand il se rendait sur la tombe de sa mère qu'il n'avait jamais connue. Je ne savais pas encore qu'il n'y avait aucune dépouille sous cette stèle.

J'écoutais leurs conversations thanatiques sans en saisir le sens. Bercée par cette mélopée, je composais des bouquets maladroits que je déposais sur les tombes alentour.

Longtemps j'ai cru que les morts entendaient et que leurs réponses silencieuses n'étaient ouïes que de celui qui les sollicitait.

Devant les tombes d'enfants que nous croisions, je demandais à mon père s'ils continuaient de grandir et m'inquiétais de savoir si l'on avait prévu pour eux un cercueil suffisamment long. J'imaginais leurs petits corps installés dans un cocon de tissus moelleux avec leurs jouets préférés.

Aucune tristesse. Une curiosité de cette *vie d'après.*

Je goûtais déjà la proximité des morts. J'avais l'habitude de les côtoyer, morts-vivants et fantômes ; ils ne me faisaient pas peur.

En revanche, quand mon père me demanda un après-midi d'automne de l'aider à ôter les feuilles mortes du mausolée de sa mère, je refusai. Il insista.

« Non, je ne veux pas toucher les feuilles.

— Mais pourquoi, Lucyle ?

— Parce qu'elles sont mortes. »

Ne pas toucher aux morts.

Ils étaient déjà si nombreux.

Je refusais de franchir la ligne de démarcation si ténue qui me séparait d'eux.

En grandissant, je n'ai pas su maintenir la distance nécessaire.

Affinités cinéraires devenues objets de collection : annonces nécrologiques, photographies des tombes, suicides.

15

ITALIE

Mon grand-père paternel, parmi ses exigences pédagogiques, désirait que l'Italie tînt une place prépondérante, idée surannée d'une éducation dix-neuviémiste. Il exécrait les destinations exotiques et nous entraînait deux fois par an, à Pâques et à la Toussaint, dans des pérégrinations transalpines autour d'une triangulation immuable : Venise, Florence et Rome, dont il fallait connaître chaque recoin. Grand-père négligeait les guides de l'époque et suivait les recommandations des vieux *Baedeker* des années 1870 recouverts de toile rouge dont il possédait la collection exhaustive.

Si les courants d'air florentins ne m'ont jamais conquise, en revanche je vouais à Rome et Venise une adoration qui ne s'est jamais démentie.

J'y retourne chaque année, pèlerinage qui m'aimante à l'Isola San Michele : le seul cimetière où l'enfance rejoint la mort avec ses arrosoirs en plastique versicolores et ses petites brouettes qui seraient davantage à leur place sur les plages voisines du Lido.

La première fois, j'avais neuf ans, je pris l'un de ces arrosoirs-jouets et pendant plus d'une heure je m'amusai à verser de l'eau sur les fleurs des tombes.

Grand-père m'avait guidée, au fond du cimetière, pour me montrer les sépultures de deux Faunes, Diaghilev et Stravinski qu'il avait rencontré à New York juste avant qu'il ne meure, en 1971.

Ici, les corbillards sont des barques à moteur qui acheminent les morts, inhumés sur une île dont les oriflammes sont des cyprès…

La mort est moins ostentatoire à Rome, au cimetière protestant où les chats de la ville se sont donné rendez-vous sous l'ombre fraîche des pins.

Sous une stèle anonyme de marbre blanc repose Keats : « *This grave contains all that was mortal of a young english poet* ».

Un an plus tard, en 1822, ce sont les cendres de Shelley qui sont déposées là sous une simple dalle.

Il est mort dans le naufrage de l'*Ariel*, un soir d'été, au large des côtes toscanes.

On retrouva dans ses poches deux ouvrages, l'un de Sophocle, l'autre de Keats, encore ouvert…

Sur la plage de Viareggio, son corps dont le beau visage avait été dévoré par les poissons fut brûlé sur le sable, sous le regard de Byron.

Quelqu'un saisit sur le bûcher le cœur non consumé du poète et le donna à Mary Shelley. Elle le conserva jusque dans sa tombe.

Shelley se répétait sans cesse ces vers de Sophocle :

N'être point né, cela c'est gagner la partie.
Mais une fois paru au jour, la meilleure
Chose, de beaucoup,
Est de retourner là d'où l'on est venu, au
Plus vite.

Mais à Rome, il n'y a pas que les cimetières.

Mes premiers émois sexuels, c'est là-bas que je les ai ressentis.

L'année de mes treize ans, je regardais autrement les statues de la ville qui ornent places et jardins.

Je notais la profusion des nus masculins.

Corps d'éphèbes païens en pierre blanche.

L'acmé de cette découverte : les *Ignudi* du plafond de la chapelle Sixtine.

Nus, ils me dévisageaient sans ciller. Ce sont les seuls personnages de la Sixtine dont on peut croiser le regard.

Je compris ce jour-là combien le corps d'un homme pouvait être désirable, peint par Michel-Ange.

Rome, ville voluptueuse pour les femmes et les homosexuels.

Cinq ans plus tard, je caresserai enfin la chair vivante d'un homme dont la beauté apollinienne n'aurait pas déplu au génie toscan.

16

JACK STORM

Chaque vendredi soir, la famille réunie avait droit à un récit détaillé de son épopée tragique. Cette pesanteur destinale, grand-père nous l'inoculait à forte dose.

C'était le seul moment où le vieil homme s'animait : il avait choisi de vivre dans le passé.

Je n'en peux plus de ce putain de passé et de tous ses protagonistes ! Penchée en amont d'eux, je les contemple, mes morts, ceux qui m'ont faite.

Mes grands-parents.

Et leurs aïeux.

Jacob Stormnevsky, mon grand-père paternel, est né en 1918 dans une mansarde à Cracovie, après que ses propres parents eurent fui les pogroms de Kichinev[1] au début du siècle.

1. Actuelle Chisinau, en Moldavie.

Il grandit sur les bords de la Vistule, imprégné de la culture yiddish qui rayonnait alors dans cette ville du sud de la Pologne.

Son père s'établit comme fourreur et, profitant de l'expansion sociale de la région, prospéra suffisamment pour installer sa femme et ses quatre enfants dans un appartement cossu du quartier juif de Kazimierz.

Jacob est un violoniste prodige. Pour sa *bar-mitzvah*, ses parents lui offrent un violon de grande valeur, copie réalisée au XIXe siècle par Jean-Baptiste Vuillaume d'après l'instrument d'un célèbre luthier de Crémone.

À peine sorti de l'enfance, Jacob rencontre sa future épouse Hedva. Ils étudient la musique dans le même conservatoire.

Hedva se destine à l'art lyrique.

Leurs duos enchantent les rues fleuries de Kazimierz.

Mais l'Histoire les rattrape : en septembre 1939, le jeune couple fuit vers l'ouest, bien décidé à traverser l'Atlantique pour mettre le plus de distance possible entre eux et les nazis de la Werhmarcht.

Seul son jeune frère David choisit de les suivre. Ce ne sont pas seulement les Allemands qu'il fuit mais une société dont son homosexualité l'exclut.

Jacob laisse derrière lui ses parents qui refusent de quitter à nouveau tout ce qu'ils ont reconstruit, et ses deux sœurs.

Ils promettent à Jacob de se réfugier dans leur petite maison de Jozefow, à l'écart des grandes villes, au sud de Varsovie. Personne n'irait les chercher là-bas, pensaient-ils…

Jacob n'emporte que son violon et la femme qu'il aime. David les accompagne.

Hedva tombe enceinte en arrivant à Paris et ne peut plus poursuivre le voyage.

David veut continuer, seul, jusqu'à New York. Jacob remet à son frère un tiers du pécule confié par leurs parents.

Le jeune couple s'installe tant bien que mal dans le *Pletzl* parisien soutenu par la diaspora ashkénaze de la rue des Rosiers.

La situation est précaire mais Jacob se débrouille.

Il cède son précieux violon à un luthier de la rue des Petits-Champs, un descendant de Jean-Baptiste Vuillaume. Pour presque rien. Mais ça leur permet de survivre et d'envisager une suite.

Dov naît en mars 1940, puis Salomé un an plus tard.

Il n'est plus question d'Amérique.

Le 15 juin 1942, Daniel, mon père, vient au monde avec un mois d'avance. C'est ce qui lui sauvera la vie.

Hedva n'a pas de lait. Elle ne peut nourrir cet enfant chétif. Bravant les interdits, Jacob emmène le nouveau-né en Normandie et le confie aux bons soins d'une nourrice du petit village de Damville, près de Dreux.

Le 16 juillet, Jacob, Hedva et leurs deux jeunes enfants sont enfermés au Vélodrome d'hiver avec sept mille autres Juifs.

Après cinq jours de cauchemar ils sont déportés à Auschwitz. Dov, Salomé et Hedva sont conduits directement vers les chambres à gaz.

Jacob ne puise la force de leur survivre qu'en pensant à une seule chose : retrouver son fils Daniel.

Il travaille sept jours sur sept dans une usine de fabrication de caoutchouc de synthèse.

Jusqu'au 27 janvier 1945.

Une quinzaine de jours avant Dresde.

L'Armée rouge libère Auschwitz.

Jacob Stormnevsky sort de sa cachette, spectre dévoré par le typhus, couvert de vermine, il n'a plus rien d'humain. Il a perdu ses dents : le scorbut.

Et toujours le seul fil ténu qui le raccroche à la vie : Daniel.

À Paris, personne ne l'attend.

Personne ne l'attend plus nulle part. Sauf ce fils qui ne sait même pas qu'il a un père.

Ses forces recouvrées, il se démène pour rejoindre Damville.

Jacob retrouve là-bas un enfant de trois ans. La nourrice l'a fait baptiser. Il a survécu à l'Occupation allemande. Il appelle la femme « maman ».

Jacob n'a rien à lui offrir. Il reste quelques jours à Damville, décide de rejoindre Le Havre et de traverser l'Atlantique. Six ans trop tard. Pour Daniel, il fera fortune.

Partir. Et ne pas parler : les gens n'ont pas envie d'entendre.

Silence d'une double honte. Celle des survivants, celle de ceux qui ont fermé yeux et oreilles.

17

GÉNOCIDE

David a survécu. Il n'a pas reconnu son frère quand il le revit la première fois en allant le chercher Ellis Island. Mais le ressentiment de Jacob et la culpabilité de David les éloignent l'un de l'autre.

En une dizaine d'années à peine, Jacob Stormnevsky devient le très respecté Jack Storm, troisième producteur mondial de pneumatiques.

Le caoutchouc.

Depuis les camps, l'odeur est devenue son oxygène, douceâtre, à la limite de l'écœurement.

Il survit dans l'odeur de sa perte. Seule la mémoire olfactive nous traverse sans qu'intervienne le filtre de l'analyse rationnelle.

Jacob Stormnevsky est mort : le jeune violoniste amoureux a été assassiné en juillet 1942.

Amputé du cœur.

É-cœur-é.

Il n'avait d'autre perspective que le pouvoir et la vengeance.

Jack Storm rentre en France pour les treize ans de Daniel.

Daniel, qui a été élevé dans la religion catholique, apprend qu'il est juif. Pour la première fois, Jacob-Jack raconte…

L'adolescent saisit l'importance du destin qui lui échoit, et concomitamment l'impossibilité de se dérober à cette fatalité ourdie par l'Histoire.

Il fait sa *bar-mitzvah* à la synagogue de la rue Copernic et sort major de la promotion X 1965.

Daniel compte désormais parmi *l'élite*. L'hôtel particulier familial de la Villa Montmorency ou le triplex de l'Upper East Side semblent à des années-lumière de la mansarde de Cracovie.

L'ambition, croit-on, calme les souffrances…

« N'oublie pas, Daniel : *Arbeit macht frei !* »

Et Daniel travailla tant et si bien que de troisième ils devinrent le second producteur de pneumatiques au monde, et se vendirent au premier.

Rien ne peut rien contre l'accélération de l'Histoire. Surtout pas l'amour.

Il est des siècles terribles où l'amour se dissout en bains de sang. Le XXe demeurera le siècle aux cent millions de morts[1].

À Jozefow, la famille de Jacob Stormnevsky, ses vieux parents, ses deux sœurs et leurs nourrissons, a été exterminée par des *hommes ordinaires* avec mille cinq cents Juifs du *shtetl*.

Les exécutants se sont organisés entre eux afin d'aller au bout du massacre : l'un tuait les mères, l'autre les enfants. C'était plus facile ainsi : un enfant sans sa mère n'avait pas d'espoir de survie. Logique des assassins qui moralisent leurs crimes pour qu'ils n'en soient plus. À leurs yeux.

Le massacre a duré toute la journée, jusqu'à neuf heures du soir. Rien n'avait été prévu pour enterrer les cadavres. *Ils* n'étaient pas encore *organisés*.

Il n'existe aucun exemple de génocide qui n'aurait pas eu lieu faute d'exécutants.

Juillet 1942 est un mois faste pour les assassinats dans l'histoire du monde.

Ça fait beaucoup de morts violentes à digérer dans un arbre généalogique. Que faire de toute cette merde humaine ? Du fumier, pour qu'y éclose une fleur ?

1. Selon l'étude réalisée par Milton Leitenberg pour le Clingendael Institute, il y eut 231 millions de personnes « tuées à la suite d'une décision d'origine humaine entre 1900 et 2000 »,

Avant cela : écrire les morts, pour qu'ils cessent de hanter, pour qu'ils ne m'empêchent plus. Leur offrir un linceul de papier et d'encre. Les coucher sur ces pages : les morts deviendront des mots.

À une lettre près, semblables éternités.

Qu'ils y reposent en paix et grâces leur soient rendues.

Il se pourrait que nous n'exercions que peu de pouvoir sur notre libre arbitre si l'on admet être le fruit de données biologiques et environnementales.

Beaucoup d'éléments exogènes nous *programment*, la fatalité de certains nous condamne.

Ainsi, Daniel, mon père, n'aimait que les grandes blondes, il épouse une petite juive séfarade née à Oran.

Ma mère, la bâtarde d'Esther Molina.

18

MAUSOLÉES

Je croise des financiers, des chefs d'entreprise, des éditeurs mondains, des architectes, des médecins, des avocats d'affaires… tous ces êtres d'action qui constituent le socle de la grande bourgeoisie qui ne pense plus depuis le début du XXe siècle, aime encore moins, mais se contente d'amasser, oublieuse que les tombes d'aujourd'hui ne sont plus les mausolées d'antan où l'on pouvait être enterré avec son or.

Des tumulus archaïques sont extraits des bijoux d'or : jusqu'après la mort, l'homme a cherché à marquer sa différence, alors qu'il avait à peine inventé l'écriture. Que lui reste-t-il, aujourd'hui, dans l'anonymat des sépultures contemporaines ? Plus grand-chose.

Alors l'homme entasse ses possessions de son vivant, *ad nauseam*, comme s'il voulait dresser un vain rempart contre la faucheuse. Toutes ces vies affairées s'effondrent quand elles s'éteignent.

Que faire de son existence pour que la mort ne la purge pas de tout sens ?

Le tabou ultime pour les Occidentaux serait-il de renoncer à une sépulture identifiable ? C'est ce que réclama en vain Donatien Alphonse François de Sade dans son testament : « *La fosse une fois recouverte, il sera semé dessus des glands, afin que par la suite le terrain de ladite fosse se trouvant regarni, et le taillis se retrouvant fourré, comme il l'était auparavant, les traces de ma tombe disparaissent de dessus la surface de la terre, comme je me flatte que ma mémoire s'effacera de l'esprit des hommes.* » Il est mort le 2 décembre 1814 à l'asile de Charenton où Bonaparte l'avait fait interner douze années plus tôt pour « démence libertine » afin de rentrer dans les bonnes grâces de la papauté.

Rien ne se passe jamais comme on l'a prévu.

Surtout la mort.

L'acmé de mes errances macabres me mène à Grand-Bé, face aux remparts de Saint-Malo.

Chateaubriand a réussi à être orgueilleux jusque dans la mort : il gît, isolé, sur cet îlot qu'on n'atteint à pied qu'à marée basse. Sa sépulture en granit, tournée vers le large, méprise les quelques promeneurs prévenus par l'épitaphe : « *Un grand écrivain français a voulu reposer ici pour n'y entendre que la mer et le vent. Passant, respecte sa dernière volonté.* »

Je viens cueillir des mûres sauvages à chaque fin d'été, ignorant les ronces de la sente escarpée qui mène au promontoire.

Lui aussi recherchait la proximité des tombes et des cimetières ; il y retrouvait sa sœur trop aimée, Lucile de Caud, son aînée de deux ans, son « ange ».

De leurs solitudes enchevêtrées d'enfants abandonnés se noua un lien infrangible, tous deux promenant leur ennui et leurs mêmes âmes passionnées dans les bois de Combourg.

Après quarante années d'une existence virginale et exaltée, folie et dénuement valurent à Lucile la fosse commune.

Il écrivit sur sa mort : « *Ma sœur fut enterrée parmi les pauvres : dans quel cimetière fut-elle déposée ? dans quel flot immobile d'océan de morts fut-elle engloutie ? [...] Puisque le ciel l'a voulu, que Lucile soit à jamais perdue ! Je trouve dans cette absence de lieu une distinction d'avec les sépultures de mes autres amis. [...] Lucile aimait se cacher : je lui ai fait une solitude dans mon cœur : elle n'en sortira que quand j'aurai cessé de vivre.* »

Il ne revint jamais à Rome se recueillir sur le monument de marbre blanc qu'il se ruina à ériger pour la frêle Pauline de Beaumont. Avait-il jamais aimé d'autres femmes que sa sœur Lucile ? Passion interdite dont l'objet est sans issue.

19

UTILIS

Lu dans les *Mémoires* : « *Lucile et moi étions inutiles.* »

François-René de Chateaubriand, né neuf mois après la mort d'un frère disparu prématurément, est devenu son *gisant*, le double réincarné, Re-né.

Il ne sut jamais se débarrasser de cette ombre importune puisqu'il se vécut *inutile*.

Cette phrase me poursuit.

À une lettre près, elle me nomme et ce n'est pas moi.

J'hésite à me reconnaître dans cette inutilité-là.

Faut-il être utile pour exister ?

N'est-ce pas la fonction d'un objet plutôt que celle d'un être humain ?

L'étymologie latine *utilis* signifie « qui sert, profitable, avantageux ».

En 1637, Descartes écrit : « *C'est proprement ne valoir rien que de n'être utile à personne.* »

Je ne vaux rien puisque je ne suis pas « utile » à ma sœur, ni à ma famille, je ne suis pas « utile » à mes amants ni à mes relations, je n'ai pas su être « utile » à mon mari.

Je pèche par ce désir de ne pas être utile, né de la croyance que l'altérité, dans son expression la plus pure, exigerait un au-delà de l'utilité.

Je ne me sens pas à l'aise dans ce siècle bancal où l'on plaque le beau nom d'amitié ou d'amour sur des relations qui ne sont fondées que sur l'utilité.

Chacun tisse son réseau, et s'enchevêtrent les toiles sur lesquelles les araignées téléguidées se meuvent en fonction de leurs besoins, ignorantes de l'utilité de l'inutilité.

Dans les années 30, Paul Valéry esquisse sans le savoir les contours d'un monde prêt à basculer derechef dans la folie en dressant le constat des disparitions concomitantes de la terre libre et du temps libre : c'est le glas de l'inutile qui sonne dans la nuit contemporaine.

S'il n'existe plus de *biens qui ne sont à personne*, il n'y a plus de loisirs qui n'appartiennent qu'à soi : la frénésie du temps humain réglemente chaque seconde de nos journées vacillantes de tâches utiles jusque dans le divertissement, le *loisir chronométrique*.

L'*otium* des Anciens sacrifié sur l'autel de la trépidation : même la pensée doit être utile, remplacée par le *nec-otium*, le négoce…

En marge de ce temps inhumain, je les observe qui s'agitent, jouent des coudes pour se hisser au faîte de l'efficience. Productivité, rendement, optimisation : termes hier attachés aux machines désormais qualificatifs des êtres.

Ils n'ont plus le temps, refusent de le prendre : chez ces gens-là, le temps ne se perd pas.

Se sentir utile pour se sentir vivant, agir sans cesse pour ne pas penser.

Le Faire plutôt que l'Être.

Le temps inutile distille les inutiles connaissances qui précèdent la quête de vérité, désintéressée, forcément.

Sans *otium*, plus de vérité profonde : même les menteurs ne savent plus où elle se terre.

Délivrer le Temps et le rendre à sa liberté ; la pensée ne s'accomplit que dans la vacance, loin du bruit des ragots et des opinions.

Les hommes se refusent la vérité.

Parce qu'ils sont faibles.

Et le monde d'être déchiré entre lucre et stupre. Au centre : ceux qui meurent en silence.

La première fleur cueillie par un être humain : c'est la découverte de l'Inessentiel.

Là, démarra l'humanité.

Puis les hommes ont oublié ce qui les avait propulsés hors de leur brutalité primitive. Ils ont délaissé la poésie pour l'obsession du profit, délaissé l'imagination et le sentiment pour finir affairés et désemparés.

Barbares utilitaristes.

Entéléchie négative : *ils* contiennent en puissance ce qui va les détruire, et de leur vie feront l'arme de cette déchéance.

J'entends les lamentations de leurs âmes mourantes et confuses.

N'aime-t-on aujourd'hui que les gens *utiles* ?

20

ESTHER MOLINA

Longtemps, ma grand-mère maternelle fut une *inutile*.

Pour survivre, elle rejoignit à vingt-cinq ans la sombre cohorte des gens *utiles*, abandonnant ce qui en elle gisait de douceur.

Esther Molina haïssait les bourgeoises d'Afrique du Nord.

Les pires, c'étaient les Algéroises, snobs comme pas deux. Elles avaient développé le complexe de la provinciale ; ne pas appartenir à la métropole accentuait ce sentiment d'infériorité et sa névrose concomitante d'imitation. Le chic des Parisiennes, dont elles détaillaient les attitudes dans les journaux qui arrivaient de France, les torturait aussi vivement qu'une pointe chauffée à blanc en leur sein. L'unique préoccupation de ces femmes était de tout faire afin de leur ressembler et tenter vainement d'effacer ce décalage qui marquait leur origine de façon indélébile.

L'aura de la capitale parvenait par vaguelettes jusqu'aux côtes alanguies de l'Algérie française du début des années 50. Elle vivait ses derniers feux insouciants dans le déni du futur tragique qui s'écrivait en sous-jacence, séparée du continent par une mer traversée de part en part de navires de guerre égayés de fiers uniformes, promesses de bals et de secrets enfièvrements...

Les regards demeuraient tournés vers la capitale : Paris était à nouveau en effervescence, ses avenues désormais arpentées de silhouettes redevenues féminines avec leur taille marquée et leurs jupes en corolle, se balançant, pour les plus jeunes d'entre elles, dans les caveaux du quartier Latin au rythme des jazzmen américains.

La communauté des pieds-noirs pâlissait d'envie et suait sous l'effort à produire pour singer les Français de métropole. Les femmes, dans l'ivresse et la futilité de leur oisiveté, ne semblaient que de blanches épigones de leurs lointains modèles.

Sous le soleil accablant de l'Afrique du Nord, hommes et femmes rêvaient : les uns au pouvoir qui leur échappait, les autres à l'élégance qu'elles n'acquerraient jamais.

Les pieds-noirs n'aimaient ni les Arabes ni les Juifs.

L'apartheid implicite de l'Algérie française.

Cette cohabitation forcée leur permettait d'asseoir une supériorité usurpée de petits chefs.

En tant que juive et pauvre, Esther Molina subissait doublement cet ostracisme. Elle survivait au côté de sa mère, veuve d'un légionnaire qui mourut deux mois après la naissance de la fillette, et d'un frère aîné versé dans l'art du Talmud. Le climat ultra-religieux dans lequel elle baignait finissait par l'étouffer, voire la révolter : elle s'était promis de n'accepter jamais le sort que son milieu réservait aux femmes juives. Elle désirait un destin autre que celui d'une épouse soumise.

Elle désirait un *destin*.

Esther Molina a vingt ans et les rêves de son âge. Elle est belle avec son opulente chevelure de jais et ses yeux sombres ourlés de longs cils qui forment une ombre délicate sur des joues pleines.

Elle est effrontée et *fréquente*. Danse tous les soirs aux bras des soldats débarqués de leurs porte-avions, ennoblis par les uniformes impeccablement amidonnés. Ceux qu'elle préfère, ce sont les Américains qui lui donnent des cigarettes blondes contre quelques caresses.

Esther Molina n'est pas farouche. Elle a déjà eu de nombreux amants. C'est l'époque du coït *à la retirette*, elle tolère les capotes anglaises bien que leur usage soit réservé aux filles vénales.

La frontière est floue : si Esther ne monnaye pas ses charmes, elle accepte les cadeaux. Des chapeaux, des souliers, des pièces de tissu surtout dans lesquelles elle se confectionne des robes qui attirent les regards. Elle a un don pour découper l'étoffe et manier l'aiguille.

L'aiguille…

21

AVORTEMENT

Une fois, elle a eu un *ennui*. Pas question d'en parler à sa mère et pas assez d'argent pour aller au Maroc voisin consulter l'un de ces médecins qui acceptaient discrètement de pratiquer des avortements.

Pour les femmes comme elles, il y avait les *faiseuses d'anges*.

Une matrone qui vous fait allonger sans ménagement sur une table de cuisine, rideaux tirés, et vous enfonce un cierge dans le vagin pour dilater le col de l'utérus, puis une aiguille à tricoter pour déchiqueter le fœtus.

Il n'y a pas d'anesthésie. C'est à vif.

Pour éviter l'infection, elle termine avec une poire en caoutchouc remplie d'eau de Javel.

Esther Molina ne peut réprimer ses hurlements :

« Ta gueule, petite pute, on va se faire repérer ! Tu ne criais pas autant quand tu t'es fait baiser, hein, *sale youpine* ? »

Alors elle pleure. En silence. Pendant que dans son corps ça brûle, ça déchire, ça racle.

Amputée d'une part d'elle-même.

Elle se sent seule.

Elle est seule.

Elle a envie de mourir.

Ça sert à quoi de vivre ? se demande Esther Molina, accroupie dans la remise derrière la maison de sa mère, son ventre torturé.

Floc ! Ça ressemble à un morceau de foie. Elle l'a expulsé.

Où trouve-t-elle la force de nettoyer le sang ? De se mouvoir jusqu'à son lit ?

Le jour où ma grand-mère me raconta son avortement avec force détails, je suis allée vomir. La tête penchée sur la cuvette des toilettes j'éructai l'horreur, la violence, l'injustice, la souffrance.

Nausée d'être née de *ça*.

L'Esther Molina d'avant *l'ennui* est morte.

Le tourbillon continue. Toute innocence perdue.

Six mois plus tard, elle se laisse pourtant séduire par un géant blond venu du continent. Il lui raconte sa Bretagne, sa vie de marin-pêcheur, sa petite maison de granit près du port. Il lui dit qu'ils pourraient être heureux là-bas… Elle finit par y croire.

Quand elle lui annonce qu'elle est enceinte, il semble enthousiaste.

Elle laisse son ventre s'arrondir doucement. Jamais elle ne retournera chez la matrone.

Elle prévient sa mère qu'elle va partir là-bas, se marier.

Rire de la mère : les femmes telles qu'Esther Molina n'ont pas droit au bonheur.

Le géant blond disparaît un beau matin.

Elle met quelques jours à comprendre.

Elle accouche d'une petite fille qu'elle prénomme Rachel.

« Brebis » en hébreu.

Brebis galeuse. Égarée.

Son cœur est sec, désormais elle ne sera plus que dans la survie et celle de cette enfant.

Sa famille la répudie.

Elle avait commencé de coudre des robes pour ces bourgeoises qu'elle détestait et qui le lui rendaient bien.

Elle vivote grâce à ses talents de couturière en copiant pour les Oranaises les patrons venus de France.

Elle n'a qu'une idée en tête : fuir l'Algérie qui commence à sentir le roussi et « monter » à Paris. Parce qu'ici elle est une moins-que-rien, une fille-mère. Et sa fille, une bâtarde.

Rachel aura une *éducation*.

L'une de ses clientes s'est entichée d'elle. En veine de confidences, elle se met à lui raconter la jalousie qu'elle éprouve pour sa belle-sœur, son ancienne meilleure amie qui a épousé le frère de son mari. Elle se pavane dans des robes de Paris, s'est mariée avec le plus riche des deux frères et n'a de cesse de lui faire sentir sa supériorité financière.

Un matin, les deux femmes se baignent dans la maison de plage que les deux couples partagent non loin d'Oran. La belle-sœur honnie se fait piquer par une vive. Elle est allergique. Elle la supplie d'aller quérir des secours en urgence, elle peut mourir.

La cliente d'Esther Molina commet l'erreur d'avouer à sa couturière qu'elle a attendu longtemps, très longtemps, exprès, avant de démarrer la voiture. Quand elle revint accompagnée d'un médecin, il était trop tard. Un tragique accident…

Une telle occasion de chantage ne se rate pas. Esther Molina a besoin d'argent pour le voyage jusqu'à Marseille puis le train pour Paris.

Elle débarque dans la capitale le 25 mai 1960, sa fille sous le bras. Choisit de s'installer *chez les riches*, dans le XVIe arrondissement. Rachel doit avoir de « bonnes » fréquentations.

Esther Molina déniche une chambre de service au dernier étage d'un immeuble bourgeois près de l'avenue Victor-Hugo.

Sept étages sans ascenseur, l'eau sur le palier, pas de chauffage.

C'est un détail. Elle inscrit Rachel à l'école de filles de la rue des Belles-Feuilles et fera en sorte qu'elle soit toujours la mieux habillée. Il faut dire qu'Esther a eu le temps de comprendre l'importance de l'apparence chez ces gens-là.

Elle ouvre un minuscule atelier de couture pour offrir à sa fille l'éducation qu'elle n'a pas eue.

Rachel est privée de nourriture si elle s'avise de ramener une mauvaise note. Et ça fonctionne : tandis que la jeune fille poursuit de brillantes études, la mère agrandit son petit commerce grâce au bouche à oreille.

Rachel intègre Sciences po et Esther ouvre une maison de couture spécialisée pour les robes de rallyes des jeunes filles bien nées.

Jusqu'à la revanche finale. Le mariage de Rachel.

Rachel exauce le souhait le plus cher de sa mère, Esther Molina, en épousant le très convoité Daniel Storm, « un homme sérieux ». Un Juif. Riche, très riche. Pas comme son propre géniteur déserteur.

Mais Rachel et Daniel Storm eurent une fille…

Moi, Lucyle Storm, qui porte désormais le faix écrasant de ces morts, des trahisons et des mensonges, celui du devoir inconscient et de la honte.

Leur *irrésolu* m'échoit.

Dilemme : la révolte ou la mort lente ?

La révolte.

Du latin *revolare* : faire renaître ce qui est révolu.

Excavation résurrectionnelle.

22

CLOACA MAXIMA

Je ne voulais ni chier sur les autres ni qu'on me chie dessus.

J'aurais seulement voulu trouver quelqu'un à qui parler, quelqu'un qui m'entende, quelqu'un à écouter, quelqu'un avec qui partager autre chose que de la merde.

Dans tout groupe humain, il y a d'abord le premier cercle, le noyau. Puis, par ondes concentriques, les cercles suivants entourent le noyau pour y déverser leur cargaison de fumier mental. Au final, on se retrouve devant un immense tas de merde.

Le *cloaca maxima* dans lequel se déversent les flots obscènes de la dégradation ordonnée et codifiée des idéaux.

Se souvenir que le poids de la matière fécale retenue dans nos intestins pèse plus lourd que celui de notre cerveau. Quant au poids de l'âme, il ne serait que de quelques grammes…

Dissolution du sacré en une multitude de sacralisations mineures qui ne sont plus qu'immondices.

Le droit de becquetage est respecté.

La société humaine se construit sur le modèle hiérarchique de l'élevage des volailles en batterie : dans un hangar, éclairé vingt-quatre heures sur vingt-quatre, un maximum de poulets est entassé sur plusieurs niveaux.

Odeur pestilentielle. Le bruit de l'enfer.

Les volailles du niveau supérieur chient sur celles du dessous. Furieuses de recevoir leurs excrétas, celles-ci se vengent sur les gallinacés de l'étage inférieur et leur donnent des coups de bec. Ainsi de suite jusqu'aux poulets situés à l'étiage : ensevelis sous les chiures de ceux qui les précèdent et à demi dévorés par les avant-derniers, ils présentent des plaies à vif et développent des cancers malgré les antibiotiques dont on les gave. Leur carcasse est si peu présentable qu'on les réserve à la découpe : des poulets mutilés pour nourrir à moindre coût des êtres humains dans le même état.

Plus on descend dans ce que les éthologues nomment la hiérarchie de dominance, plus l'instinct de subordination est marqué : le fameux pouvoir des petits chefs qui, à force de se faire chier dessus par leurs supérieurs, expulsent leur frustration en agressant les plus démunis qu'eux.

Chaque cour compte ainsi ses faibles et ses tyrans, mutilés de leur capacité d'aimer.

S'enchaînent les comédies pathétiques de pantins désarticulés, egos bataillant pour remporter d'inutiles victoires afin d'en distraire un seul : le détenteur du pouvoir suprême.

Peu importe jusqu'à quels sommets nous grimpons, nous sommes tous les marionnettes de quelqu'un d'autre, mort ou vif, heureux de chier sur un plus petit que soi.

Tous ceux qui contemplent avec envie *l'élite*, ce condensé de trivialité monétisé avili par l'engrenage de la corruption et du vice, s'ils savaient…

Je songe aux émigrés qui, parfois au prix de leur vie, croient atteindre la terre promise et se retrouvent en enfer, celui de la misère, bien supérieure à la pauvreté qui était la leur : ils y perdent leur dignité. Il n'y a pas de retour possible. Alors ils perpétuent le rêve auprès de ceux qui sont demeurés au pays, tandis qu'ils crèvent de faim et de froid aux pieds des Babel de métal et de verre.

Les femmes pendues au bras d'hommes de *pouvoir* sont comme ces ilotes : elles pensaient accéder à une existence édénique, sont devenues des femelles maltraitées et méprisées mais avec sacs de marque et vêtements de couturier, misérables trophées qui stigmatisent leur statut.

Elles ne sont rien de plus qu'une image pornographique sur laquelle on éjacule.

Les vivants occupent la place des morts dans ces villes qui sont les cimetières des offenses faites à l'enfance. Celles des rêves abandonnés sur la route.

Au début de la vie, l'angle est un horizon, obtus à cent quatre-vingts degrés. Il se referme à chaque possible renoncé jusqu'à s'étrécir à zéro degré : l'impossible est atteint.

En soi, l'enfant est mort.

23

TUE-L'AMOUR

Ça débutait par « *Il était une fois* », se terminait ainsi : « *Ils vécurent heureux et eurent beaucoup d'enfants* ».

Entre-temps *ils* traversaient maintes péripéties dont *ils* sortaient indemnes.

Nos enfances furent bercées de ces contes enjolivés, revus et corrigés.

Dans leurs versions non expurgées, ces contes étaient atroces, à l'image des dangers qui guettent au coin des bois. Forêt gigantesque dont seul le survol permettrait d'en percevoir les limites. Êtres aptères, nous sommes condamnés au sentiment qu'on ne sortira jamais de cette monstruosité naturelle.

Le conte que je détestais, c'était *La Petite Sirène*. Une double amputation pour un sacrifice inutile : sa queue de poisson et sa voix.

L'amour ? Égaré vers l'espoir que l'on obtiendra un surcroît d'affection en se pliant aux attentes de ceux dont on cherche les bras pour l'apaisement intermittent d'une étreinte sans valeur.

Effacement de soi pour créer une image de bonheur factice dont on se contente.

On se contente de peu.

Parce qu'il n'y a plus guère d'amour. On aime la représentation de l'autre et non pas l'autre. On aime donc par rapport aux autres, quand il ne s'agit pas d'une perversité narcissique, et l'on appelle amour ce qui ne correspond qu'à un besoin de reconnaissance ou de création de liens. N'importe quel lien à n'importe quel prix. C'est cher payé.

Il n'y a plus de sujets, seulement des objets qui se télescopent en se heurtant douloureusement.

Drame des êtres d'ennui qui ne se rencontrent plus que pour se haïr à terme dans la conjugalité sous l'apparence d'unions parfaites : bel appartement, réussite professionnelle, enfants sur lesquels sont projetées leurs défaillances et que l'on force à être *doués* pour les études...

Les archétypes familiaux et sociaux étouffent lentement : toute union induit l'acceptation de personnages et de leurs faisceaux d'existence qu'autrement on n'aurait jamais approchés. Et encore faut-il ajouter à cela, par une perversion que l'on nomme euphémiquement *construction*, la nécessité illusoire d'avoir une descendance et subséquemment de réaliser l'ascension sociale qui permettra aux siens de suivre à leur tour ce même parcours dans les conditions optimales édictées par la *Loi* de la bienséance obscène. C'est là création d'un réseau de trajectoires, imposé et non désiré, qui vont s'entrecroisant au-dessus des têtes, tissant une coupole qui éteint la flamme, désamorce toute velléité de révolte contre l'ordre établi.

L'imposture des vies ordinaires.

Quand un couple se défait, il se reforme à l'identique : fatalité de la répétition inconsciente.

La séparation est l'un des sujets de prédilection, notamment chez les *privilégiés*. Chacun ourdit alors mille complots mesquins pour reformer deux nouveaux couples. Le plus vite possible : on n'aime pas les célibataires, sauf s'ils sont homosexuels.

D'où le climat incestuel qui est l'apanage de ces groupes sociaux : on ne baise pas en dessous de sa condition sociale. Alors ils couchent tous les uns avec les autres. Successivement. Parfois simultanément.

Perversité de l'endogamie : une vaste *tournante* mondaine, une sorte de loterie-partouze où chacun-chacune tâche de décrocher le gros lot !

L'ennui interrompt toute porosité dans les rapports humains. Il s'incarne à travers l'absence d'échanges. Alors tous ces êtres qui s'ennuient cherchent à dissoudre leur langueur dans la flamme vacillante d'un coït qui fait couac : incapables de s'abandonner, c'est la triste mécanique des corps sans âme.

« *Rencontre furtive*
Désirs accordés
Le festin passé
Le vide à nouveau s'installe. »

Quelques vers désabusés écrits en Chine au xᵉ siècle par un empereur déchu.

Intemporalité du néant.

Il ne leur reste que la cruauté comme unique recours pour rétablir le rapport interrompu aux choses et aux êtres.

Les somnambules pérégrinent de vide en vide, de divertissements sans joie en étreintes inféconds qui laissent un goût d'amertume, enfouissant leur douleur d'être sous des rires factices dans le déni de leur incomplétude, indifférents l'un à l'autre et pourtant semblables dans leur inexistence.

Leur mensonge, d'une certaine manière, est un rempart contre l'effondrement qui pourrait les guetter s'il advenait un jour qu'ils se regardassent dans la vérité de leur reflet.

Que verraient-ils dans ce miroir ? Rien, leur soi dissolu.

Et la panique devant ce néant.

Que leur reste-t-il d'humain, si l'on considère que la conscience de la mort et la possibilité de l'amour qui nous questionnent incessamment constituent le socle de cette humanité sur lequel s'est posé le langage ?

Mais ils ont perdu le verbe. Ne parlent désormais qu'un babil psittaciste.

Langues et âmes dévoyées.

La pléonexie engendre deux empêchements majeurs : celui d'aimer, celui de mourir.

Plus on possède, plus on idolâtre la prospérité, plus on se sédentarise, cherchant désespérément à s'enraciner contre l'instabilité de toutes choses, à aller contre le mouvement inexorable de l'univers.

Pauvres êtres, mus par le seul désir d'avoir plus ou paraître mieux que les autres, toujours plus, toujours mieux… Des nains possédants qui croient ainsi conjurer l'absurdité de l'existence. Êtres pornographiques aux trajectoires sans horizon, en état de frustration permanente, qui ne savent plus mourir ni aimer.

Y a-t-il encore des êtres dont la préoccupation serait *ailleurs* ?

24

SOLITUDE

J'ai préféré m'éloigner.

Je prends conscience de la solitude.

Celle qui ne vient pas de soi.

Là où je me sens le plus seule, c'est au milieu des *autres*.

Seule, et Tous.

Entité géante face à l'Une.

Cet entourage jacassant n'est en fin de compte qu'un camouflage. Dépouillée de cet artifice, la solitude apparaît dans sa triste splendeur.

Qu'ai-je perdu ?

Gisèle Celan a perdu Paul. Nous sommes le 11 février 1971, presque un an après le suicide du poète, dans une lettre à Ingeborg Bachmann elle écrit :

« … *Sinon que dire ? Je sors à droite, à gauche, je tue le temps, j'accepte de dîner avec les uns, d'aller voir un film avec les autres pour me retrouver plus seule encore après, mais j'ai au moins pour quelques heures fui ma maison, fui moi-même — c'est terrible d'en arriver là* […][1]. »

Tuer le temps pour ne pas se tuer soi.

Tuer le temps qui n'est pas celui d'aimer.

Comme un cachet plongé dans un liquide, je me suis dissoute un moment.

Un trop long moment.

Au milieu d'eux rien de moi ne pouvait émerger.

Noyade.

Asphyxie.

Dispersion.

Retrouver le cours de mon fleuve.

Jusqu'à la mer. Liquide amniotique de ma renaissance.

Larguer les amarres.

Point d'amer dans les quarantièmes rugissants.

Je navigue à vue.

Entre les écueils.

Eux.

J'ai du mal à les identifier individuellement tant ils me paraissent semblables, leurs non-destins intriqués en une masse gluante.

1. Ingeborg Bachmann, Paul Celan, *Le Temps du cœur, correspondance,*

Solange D., pourvoyeuse de chair fraîche, elle qui ne l'est plus.

Un temps maîtresse d'un homme de pouvoir, elle en profita pour tisser un réseau de relations qu'elle fit fructifier. Épigone de Madame Claude, sans les flux financiers. Les unes se servent d'elle pour se caser auprès d'hommes fortunés, les uns pour garnir leur couche vide.

Relations compensatoires. Comme les prestations éponymes.

Tous fichés. Gestapo du sexe et du fric.

Beaucoup lui en savent gré.

Dont Corinne V., gérontophile avertie, « placée » auprès d'un businessman valétudinaire dont elle s'échine à avoir un enfant par procréation médicale assistée pour garantir ses vieux jours.

Les enfants sont les assurances vie de ces femmes.

Fille d'obscurs gratte-papier de province, pour effacer son caniveau originel Corinne V. donne des dîners où la méchanceté est érigée en valeur suprême. Les rires sont à charge.

L'échelle platonicienne de la conversation comprend trois niveaux : le ragot, l'opinion et l'idée.

Dans ces assemblées d'imposteurs, on n'entend que commérages, rumeurs, médisances. D'idées, point.

Je n'ai rien à leur dire. Ils interprètent ma distance en mépris.

Dans mon dos, me traitent de *Guermantes-juive*. Oxymore de leur inculture.

Quant aux hommes, ils se répartissent en deux modèles : les *Pornographes-sentimentaux* qui n'existent qu'à travers ce qu'ils possèdent, êtres ou objets, et les *Jouets*.

Ceux-là se font entretenir parce qu'ils divertissent. On les convoque pour animer un dîner ou agrémenter d'ennuyeuses croisières, qu'il s'agisse du talent de leur conversation ou de la maîtrise de leur bandaison.

Squatteurs spirituels, G.O. de riches mécènes, gigolos d'occasion.

Quelques bons mots contre un dîner gratis, quelques coups de reins pour villégiaturer à l'œil.

Qu'ils en aient ou pas, tous asservis par l'argent.

Troc humain. Système de prostitution généralisé. Ils paient ou se font payer. Après, à la différence des vraies putes.

Ils sont des papillons épinglés dans une boîte décorative.

Figés dans leurs rôles.

Sauveurs des apparences. Quand ont-ils renoncé à se sauver eux-mêmes ? Dans la solitude de leurs nuits d'insomnie, à quoi songent-ils ?

Je les regarde, sans les entendre, s'étourdir d'une accumulation de vides itératifs.

Ils boivent. Trop.

Cocaïne, souvent.

Tranquillisants à outrance et somnifères à gogo.

Prozac, Lysanxia, Xanax : béquilles de *la vie rêvée*.

Comprimés qu'on se refile comme un Tampax ou un cachet d'aspirine. Virées shopping chez le généraliste.

Shoot ultime d'artificialité. Overdose de non-humain.

Quelques grammes de benzodiazépine : il faut paraître performants. Ne pas reconnaître que l'on peut souffrir parfois.

Intolérance pour ces failles qui nous rendent humains.

Les traits de caractère devenus maladies.

Mutilations sociales.

Émotions vaincues.

Communication interrompue.

Individus effacés.

En exil.

Je ne connais plus que des êtres en exil de soi.

On perçoit, de loin en loin, les craquements de l'épave couchée dans l'insondable inconscient. Ces plaintes térébrantes de la coque torturée par la masse qui la recouvre, elles remontent parfois des grandes profondeurs pour troubler les petits arrangements avec la vie en surface.

Personne ne devrait être à l'abri d'une lame de fond.

Précieuses ridicules ou Casanova de bazar, marre de tous ces êtres qui ont perdu le sens de l'émotion. Presque tous ossifiés par les convenances ou les stéréotypes d'une pseudo-liberté de mœurs qui n'est pas moins codifiée que le reste.

Même les désirs sont convenus, entretenus, encouragés pour que perdure l'image imposée.

Vivre selon un modèle suppose se réprimer sans cesse. Chaînes archétypales qui emprisonnent dans des prisons mentales.

Les parois suintent les relents de la souffrance tue.

La peur statufie.

Ils ont renoncé à s'aimer.

Je ne perçois plus la vie qu'à travers la vitre relevée d'une berline conduite par un chauffeur impassible : les paysages défilent et je ne fais que les traverser, invisible aux yeux d'autrui, dans l'abri ouaté du véhicule qui ne s'arrête jamais. Aucun contact ne s'établit : je demeure cette passagère prisonnière de la limousine aux vitres teintées qui roule, imperturbable, sur l'asphalte des autoroutes anthropiques.

Scansion des réverbères, arbres métalliques sans racines. Inféconds.

Le véhicule est ma cachette. Un *trou de Juif*, comme on dit.

Pourtant je ne suis pas ma sœur sacrifiée, intronisée vierge éternelle. Qui voudra désormais de la petite princesse juive démembrée ? Personne !

Mais personne non plus ne me désire, moi qui ai bras et jambes pour enlacer le corps de l'autre. L'infirmité rebute, qu'elle soit physique ou mentale.

Handicapée *senti-mentale*.

Je suis infirme de mon époque, le siècle des âmes standardisées.

Chaque visite à ma sœur honnie me renvoie l'image de cette difformité qui est la mienne : cœur sec et corps froid. Finalement nous sommes semblables dans la détestation.

J'aimerais tant *perdre le nord*, parvenir, enfin, à me révolter contre ce septentrionisme ambiant.

Me *désimmobiliser*.

Baisser la vitre ; respirer l'*Indestiné*.

25

MIROIR

Dix ans de mariage.

De notre couple-image ne les intéressaient que les éclats jetés par les strass dont sont tapissées nos béances.

Fastes sans amour.

Pitance de charogne.

Laquais repus.

Gangrène de l'âme.

Et notre alchimie dépouillée de tout mystère allait à sa consomption. Ce mystère qui protège parfois les êtres de leurs désespoirs…

Mais ça ne les intéresse pas : s'exposer pour qu'ils se repaissent. L'intime se délite sous leurs yeux avides.

Nous les encouragions dans leurs génuflexions pathologiques, nous fondant toujours davantage à leurs attentes, au point que nous n'existions plus en tant que couple-sujet. Réification consentie qui faisait de nous deux enveloppes vides dont l'agrégation projetait l'ombre du couple parfait.

L'ombre de quelque chose qui n'existe pas.

Si la beauté réside dans l'œil de celui qui regarde, le regard détient donc le pouvoir insensé de corrompre.

S'extraire des regards qui noient l'être.

Se défaire de la névrose du regard manquant : on y prend goût, c'est une addiction comme une autre. Plus on est regardé, moins on regarde. Isolé, loin de soi.

La conscience progressive de ce vide m'a décidée à rompre.

Rompre avec l'apparence.

Me délester des regards des autres. Exister sous mon propre regard.

Au sens *propre*.

Lustral.

Je refuse d'être celle qu'*ils* voudraient que je sois.

C'est ainsi qu'un matin, je me suis plantée devant un miroir, seule.

Le miroir ne ment pas. L'allégorie de la Vérité émerge nue d'un puits, un miroir à la main.

Je ne me suis pas vue.

Pas de suite.

L'image de celle que les autres voyaient m'avait effacée.

J'ai regardé encore.

Pour canceller ce contour dessiné par d'autres regards que le mien, ce contour qui n'était plus que le repentir d'un mauvais portraitiste.

Percer l'opacité des couches de peinture sociale.

J'ai commencé à m'apercevoir. À discerner des traits.

Quand je suis parvenue à me voir, j'ai pleuré, sans pouvoir m'arrêter.

J'observais mon visage déformé par les sanglots. Je laissais faire, la morve qui coule, les yeux rougis, les paupières gonflées : c'était moi, enfin !

Combien de temps suis-je restée ainsi ? Je ne m'en souviens pas. Je sais qu'à un moment j'ai commencé à regarder le reste du paysage réfléchi, ce qui n'était pas mon reflet.

Le reste était flou.

Le miroir n'existe pas sans son spectateur ; s'il n'y avait plus d'êtres humains, le miroir ne servirait à rien. C'est la conscience humaine qui l'a inventé.

Dans ce miroir, on regarde ce qu'il y a devant soi mais on regarde aussi ce qu'il a derrière soi. On a la vision de quelque chose qui est là, devant, et on ne peut l'atteindre qu'en faisant demi-tour sur soi-même.

Il fallait que je retourne à mon passé, pour faire le point, comme disent les photographes, retrouver la netteté.

On nous intime de regarder devant soi, mais l'horizon est une fiction, l'illusion visuelle d'une ligne.

Regarder derrière soi.

Pour retrouver le sens.

Besoin de renouer avec son propre mystère.

Se rhabiller.

Le désir meurt de cet étalage de chairs.

Retrouver le désir.

C'était la veille du 14 février 2010.

26

HÔPITAL

Dans *La Chambre verte*, François Truffaut raconte l'histoire d'un spécialiste des rubriques nécrologiques dans le journal d'une petite ville de province. Il vit hors du temps humain, avec les morts dont il prend plus soin que des vivants.

Un jour survient l'instant inéluctable où l'on connaît plus de morts que de vivants. La force du souvenir finit par désancrer de la réalité.

Ces morts, ce sont les images spéculaires de nos existences létales.

On n'imagine pas la violence des sentiments qui nous unissent à eux, même ceux que l'on n'a pas connus. Nous sommes amenés à vivre sous le fardeau des disparus et des moments immarcescibles auxquels ils sont reliés.

Que faire de ces fantômes ?

Saint Augustin, au ve siècle, invente le concept du purgatoire tant l'offusquait l'idée que sa mère Monique puisse aller en enfer.

Au fond de la conscience s'édifie une crypte expiatoire où gisent êtres et images. Mais au fur de l'extension du passé la crypte s'étend, grossie de tous les instants et figurants disparus.

À mesure que nous avançons, on s'aperçoit que notre part de liberté se réduit comme peau de chagrin ; tous nos actes sont guidés par une autre main que la nôtre. Par toutes ces mains tendues de notre crypte intime, mains qui cherchent à agripper la vie qui les contient.

L'existence ne serait qu'une succession de pertes de pouvoirs depuis la toute-puissance de l'enfance.

Ma sœur a été transférée à Garches. Mon père s'est effondré en pleurs : « Regardez-les tous les autres ! Ils ont perdu un bras, une jambe voire deux. Ma fille est celle qui en a le moins, celle qui n'a plus rien… »

Et moi, papa : regarde-moi ! Regarde comme je suis belle, regarde comme je marche, cours, danse, regarde mes bras et mes mains. Mais mon père ne me regarde plus.

Il avait fallu l'amputer à nouveau, plus haut, jusqu'en haut des cuisses et aux épaules. Ce serait plus difficile pour les prothèses et la rééducation. Je me suis demandé si on avait gardé ses mains pour en faire un moulage à l'identique.

Le champ lexical des prothésistes est constitué d'acronymes pour définir les infirmités : DAK signifie *double above knees* (double amputation au-dessus des genoux), DAE indique que les deux bras sont coupés en haut de l'épaule (*double above elbow*). Ma sœur remporte la palme d'or, c'est une DAK-DAE.

Elle ressemble à une poupée disloquée d'Hans Bellmer, une pièce de puzzle. Pourtant, ma sœur honnie est plus vivante que je ne le serai jamais ; elle est aimée.

Distance nécessaire pour ne pas vomir de dégoût. Dégoût d'elle, dégoût de moi. La mère est là, dans cette pièce aseptisée, elle la touche. Elle touche la chose qui aura toujours besoin d'elle : toute-puissance de celle qui n'a plus rien.

Nous sommes des héros pathétiques, tous impuissants, que nous soyons maître ou esclave.

Des mutilés.

Parfois, je me sens plus infirme que les autres.

27

DÉCÈS

Grand-père est mort.

Cela faisait déjà longtemps qu'il n'était plus en vie.

Ce matin, il ne s'est pas réveillé.

Même mort il doit culpabiliser d'être parti aussi facilement. Une mort douce en compensation d'une vie de souffrances.

Dire qu'ils vont mettre ça sur le dos de l'amputation de ma sœur. Ils n'ont jamais rien compris. Il n'a pas aimé la petite sœur : trop « juive ». Il lui préférait *Hélène.*

Un jour, nous habitions encore New York, il me dit : « Toi, tu ne seras jamais la petite Juive. »

Au ton dont il usa je compris qu'il ne s'intéresserait à moi pour n'être que l'instrument d'une ambition.

Ceux d'origine modeste qui ont su s'enrichir développent un complexe de leur origine plébéienne. Ils rêvent d'aristocratie. Et la plupart du temps le deal se conclut ainsi : argent contre titre.

Grand-père fomentait pour son *Hélène* une alliance avec les plus hautes sphères.

L'amour ? Il n'en a jamais été question.

La question de l'amour ne se pose pas après Auschwitz. Celan est mort d'avoir voulu être le poète de l'après-Shoah.

Et toujours la même antienne : « N'oublie jamais, Lucyle : l'homme est naturellement mauvais, l'essence de l'humain c'est la noirceur. »

Lui n'a jamais pu pardonner, et dans l'impossibilité de faire le deuil de Hedva, Dov et Salomé, il impose le culte de ses propres fantômes, enfermant à double tour son fils rescapé dans ce schéma mortifère.

Mon pauvre père, gisant de son frère, de sa sœur, de sa mère et de six millions de Juifs.

L'avantage des États-Unis c'est qu'on peut *s'acheter* aisément un statut social. Mon grand-père avait choisi comme tremplin l'opéra. Et à coups de millions de dollars il devint le plus important mécène du Metropolitan Opera.

Pour mes treize ans, il m'emmena au Met voir la première de *Death in Venice*[1], à la fin du mois de février 1994.

1. Opéra de Benjamin Britten.

Désir de mort et nostalgie.

Ne manquait que le thème de l'ambition pour que l'équation résume parfaitement l'inexistence de mon grand-père, patriarche des « déjà-morts ».

On ne lui connut aucune liaison. Fidélité aux morts oblige.

Interdiction de jouir : Hedva a été assassinée par les nazis à Auschwitz.

S'il n'a plus jamais mis un pied dans une synagogue depuis les camps, il exigeait que son fils, sa bru et ses deux petites-filles observassent les rites religieux.

Il s'énervait devant mon indolence. Il fallait que je sois une vraie Juive sous les apparences d'une Aryenne pour que son projet d'union lui permît d'introduire « le ver dans le fruit », comme je le surpris à dire un jour qu'il s'agaçait de cette inertie

J'étais devenue son *cheval de Troie*.

C'est comme si je lui avais signé une procuration sur ma vie.

Il décida que nous rentrerions à Paris après ma *bat-mitsvah* afin de m'inscrire dans les rallyes les plus prestigieux.

Et puisque l'argent n'a plus d'odeur dans ce monde désormais sans honneur, il en fut ainsi : le sang bleu ferma les yeux sur mes ascendances sémites.

Grand-père décidait de tout. Pour tous. Il en avait largement les moyens.

Il a exigé d'être incinéré, comme Rachel, Dov et Salomé.

Et que les cendres soient déposées dans sa concession du cimetière Montparnasse, sous une plaque de marbre noir gravée de son seul matricule : 182902.

29/02, le jour de ma naissance.

Ce matin grand-père est mort.

Un de moins.

28

VIRILITÉ

Le dernier amant que j'eus avant mon mariage, Guy de B., m'offrit un chat en me précisant que je vieillirais probablement seule entourée d'une lignée de félins pour unique compagnie, comme ces octogénaires atrabilaires qui ne parlent plus qu'à leurs animaux.

Il n'avait pas compris.

Je n'avais pas cherché à lui expliquer.

Nous nous quittâmes.

Je m'en trouvai soulagée et appris à cohabiter avec ce nouveau compagnon dont l'indifférence ne cessait de me surprendre. Il n'avait besoin de rien d'autre que ses croquettes et son bol d'eau, filant chaque jour chercher sa dose de caresses à l'extérieur.

Le chat ne venait jamais ronronner auprès de moi.

Les hommes non plus.

À propos de Guy de B. : comme son prénom l'indiquait pourtant en anglais, il n'était pas grand-chose, un mec quelconque, *a guy.*

Un type sans poil.

Étrange cette disparition du poil masculin dans nos sociétés occidentales. Un avant-goût de dévirilisation.

Homme policé, lissé, sans la moindre aspérité.

Ignudo descendu du plafond de la chapelle Sixtine.

Il épilait consciencieusement toute trace de pilosité sur son torse imberbe. Même ses couilles étaient glabres. Je me suis souvent demandé comment il supportait le supplice de l'épilation sur ces zones sensibles.

J'aime les hommes poilus. Qui ne ressemblent pas à des statues de marbre blanc.

De toutes les façons, il pissait assis.

Que peut-on attendre d'un mec qui pisse assis ?

Rien.

Derrière un tel individu se cache l'ombre d'une mère ou d'une ex-compagne abusives et maniaques : « Attention ! Tu en mets partout... Assieds-toi, tiens ton zizi vers le bas et quand tu as terminé, tu essuies bien le bout avec un papier toilette. Voilà, comme ça, c'est bien ! »

Et c'est ainsi qu'on dépouille un petit garçon ou un homme de sa virilité, prêts à renoncer à leurs prérogatives de jeunes mâles pour obtenir la reconnaissance maternelle ou l'acquiescement féminin.

Pourtant, quoi de plus sensuel qu'un mâle de dos, qui tient sa queue d'une main, campé solidement sur deux jambes qui se rejoignent sur des fesses musclées ? Puis les reins, parfois avec une fossette, le dos ensuite et les épaules... Ah les épaules ! Un type qui pisse assis c'est comme un homme sans carrure : ce n'est plus un objet de désir.

À partir de l'instant où la femme prend le pouvoir, elle castre.

Ce sont les *tyrannes* contemporaines.

Les femmes d'aujourd'hui se plaignent qu'il n'y a plus d'hommes ; elles ont tout fait pour les émasculer, n'ont rien compris, se sont aveuglées à vouloir ressusciter le mythe de la parthénogenèse pour asseoir leur despotisme. Une rancune tenace après des siècles de domination apparente.

Elles risquent d'y parvenir plus vite qu'on ne croit avec les progrès des manipulations de cellules souches.

La toute-puissance des femelles vient de leur pouvoir d'enfanter. Et de tuer l'enfant en leur flanc fécondé.

De leur jouissance aussi.

Tirésias, le seul homme à avoir joui comme une femme, révèle aux mâles, dieux ou simples mortels, que l'orgasme féminin est neuf fois plus fort que le leur. Ça lui coûta la vue...

Imagine-t-on un monde d'Amazones ? Il va falloir qu'elles se coupent un sein. Et renoncer ainsi à la féminité.

Mutation malsaine d'un monde à la dérive : femmes qui se veulent mâles et hommes qui, par réaction, se féminisent. Misérables luttes de pouvoirs.

La légende rapporte que les Amazones gardaient auprès d'elles les mâles infirmes : ils avaient la réputation d'être les meilleurs amants.

Les femmes occidentales jugent les hommes avec leurs critères matérialistes ou égalitaristes : soit il a de l'argent, soit il fait le ménage.

Elles ont beaucoup obtenu, auraient dû s'arrêter à temps et réintroduire dans leur lutte hier justifiée davantage de compréhension et de douceur.

Femmes vulnérables : pléonasme devenu oxymore, selon une sémantique qui a perdu de vue l'essence de la féminité.

Et *il* consentit… Pacte implicite qui assujettit le mâle.

C'est ainsi que la plupart des femmes, au fond d'elles-mêmes, n'aiment pas les hommes.

Et les hommes, au fond d'eux-mêmes, n'aiment plus les femmes. Forcément.

On aboutit à la confrontation de groupes aussi antagonistes que seraient deux familles assistant à une exécution capitale : la joie et la revanche de celle de la victime, la détresse et la honte de celle de l'assassin.

Jusqu'à ce que mort s'ensuive.

Quand j'ai rencontré mon mari, j'ai cru rencontrer un homme.

Pas seulement parce qu'il pissait debout et qu'il ne s'épilait pas.

29

NUITS

Mon mari ronflait. Je pris l'habitude de dormir avec des bouchons de cire dans les oreilles.

Chaque soir, avec délectation, je l'abandonnais pour un monde intérieur.

Éteindre le bruit de l'autre quand l'autre dérange.

Il s'endormait tandis que je lisais. Je pouvais le contempler dans la vérité du sommeil. Oubliés masques et postures. Il gisait entre les draps, allongé sur le dos, bouche ouverte.

C'est en le regardant à son insu que je compris que je ne l'aimerais jamais.

Dormir avec un être que l'on n'aime pas transforme l'intimité en promiscuité.

Supporter le sommeil de l'autre, être suffisamment en confiance pour s'endormir à côté de celui qui partage sa couche : autant de preuves d'amour.

Au commencement de notre liaison, avec Guy de B., l'homme qui pissait assis, nous nous endormions enlacés.

À la fin, dos à dos. Le plus loin possible l'un de l'autre.

Si l'on avait photographié chaque nuit nos corps endormis durant les deux ans que dura notre histoire, puis aligné les clichés en ordre chronologique, on eût pu aisément en prédire l'issue.

On devrait se poser davantage de questions sur la façon dont on dort avec son conjoint, ce serait autant de réponses sur le fonctionnement du couple.

Plus les liens se dissolvaient, plus la nuit m'appartenait.

Dans ce temps volé au sommeil, je lisais.

La nuit, j'entre dans le livre. Rien ne s'immisce entre les mots et moi. Le jour diminue leur profondeur : les lectures diurnes sont moins intenses.

Il y a les livres du jour et les livres de la nuit. Céline, Joyce, Musil, Bataille, ont besoin d'ombre et de silence.

Avant de s'endormir, déjà tourné de son côté — toujours à droite du lit, mon mari me lançait un « Sleep well, Darling ! ».

Il adorait m'affubler de petits noms anglicisés : *Baby*, *My love*… Jamais Lucyle. Quand il était contrarié, il ne m'appelait pas.

Le même homme qui me donna du *Darling* pendant dix ans me traita subitement de *Salope*, *Fille de pute…*

Petite-fille de pute eût été plus exact.

Je déteste cette manie des sobriquets.

Appropriation. Identité phagocytée.

Ne pas subir la cyclothymie de l'autre, quand il redevient un enfant capricieux et cède à la coprolalie.

La plupart des êtres atteignent rapidement les limites du langage.

Darling ou *Salope*, Lucyle je demeure.

Guy de B. m'avait surnommée *Cloud*.

Drôle de choix pour une fille qui s'appelle Storm.

Nuages qui s'amoncellent avant l'orage.

Ça me dérangeait moins que la platitude des précédents.

J'ai toujours aimé les nuages.

J'ai passé des heures à observer leurs pérégrinations célestes.

Enfant, j'y découvrais un bestiaire fantastique ; ces monstres bienveillants, ces destriers ouatés incarnaient la possibilité d'une évasion. Donjons inexpugnables dont j'étais la princesse.

Je ne savais pas alors qu'on ne grimpait pas sur les nuages…

Aujourd'hui encore ils demeurent une canopée cotonneuse, le niveau sommital de notre purgatoire terrestre.

Un lieu idéal.

Un lieu qu'on n'atteint pas.

Le pire, c'est le surnom social, les *Chéris* dont *ils* s'affublent entre *eux* comme s'*ils* voulaient effacer leurs prénoms.

Signe de reconnaissance : *Chéris* d'un même vide.

« Ma chérie, cette robe est *affreusement* divine ! »

« Chérie, il faut *absolument* que tu rencontres X, Y ou Z ; tu vas l'adooorer ! »

Sommets de fausseté dont toute tendresse est exclue.

La sonorité de leurs voix est celle d'une marche en forêt asséchée par la canicule : cassante, métallique, sous les pas.

Tous, la même voix.

Pour une sémantique convenue.

Choralité émanant d'un corps unique.

Ils veulent se plaire.

Ils se plaisent.

Effort de séduction collectif et spéculaire.

Usage caricatural et propitiatoire des codes de *la vie rêvée*.

Êtres fondus dans une masse visqueuse.

Ils ont cherché et obtenu la perte de la pureté et l'exaltation qui habitaient leur jeunesse.

À quoi sert de vivre sans être *enflammé* ?

Feux éteints dans la nuit sociale.

Je ne les chérissais pas.

Je prenais un malin plaisir à insister sur ces prénoms dont ils cherchaient à s'absoudre.

Ils évacuaient cela d'un rire gêné, donnant l'impression d'avoir entendu quelque incongruité.

On ne travestit ni son sommeil ni son rire.

L'abandon révèle.

Parfois, l'enfance fait une apparition furtive sur les traits de l'adulte qui éclate de rire.

Quand elle ne fulgure pas, c'est de mauvais augure.

Trop souvent, il déforme les traits en rictus : dans les ténèbres mondaines, j'entends leurs rires forcés.

Bouches béantes et cloaqueuses.

Stridence des voix.

Le bruit des autres devient le pilon d'un marteau-piqueur.

Néantisation de la pensée sous le flot des logorrhées infernales. Sanie verbale qui étouffe tout murmure de salissures. Déferlement de « Je » qui ensevelit la possibilité de l'Autre.

Boules Quiès nuit et jour.

30

ONCLE DAVID

David Storm est mon grand-oncle, le frère de Jack.

David Storm parlait peu. Il écoutait. Les humains qui le consultaient en tant que psychanalyste. Et Bach, surtout, pour l'évocation intempestive d'un Dieu qui s'était retiré du monde.

David Storm peignait. Toiles monumentales traversées de déchirures sombres. Peinture de l'absence.

Il habitait une petite maison au sud de Manhattan.

Au premier étage, il avait organisé son cabinet. Au second, son appartement. Le dernier étage était consacré à sa peinture : l'atelier. Au plus près du ciel.

Je venais souvent lui rendre visite. Deux fois par semaine je descendais à Greenwich, le mercredi après-midi et le dimanche toute la journée. Nous restions ensemble, silencieux la plupart du temps.

Semblables.

Deux *hors du monde* qui s'étaient reconnus.

Parfois, c'est lui qui venait me chercher Upper East Side et nous allions, des heures durant, arpenter les allées du Met voisin.

Oncle David avait su transcender sa perception de la grouillance immonde par sa créativité. Ce n'était pas suffisant. L'homme souffrait. Entendre celle des autres l'apaisait.

Le visage de David Storm était buriné comme celui d'un matelot qui aurait bourlingué sur tous les océans : les souffrances entendues et vécues s'étaient gravées dans sa chair traçant une cartographie fluviatile de sillons plus ou moins profonds. Ce visage érodé par le souffle des mots avait enduré les vents violents de l'inceste, du viol, de la mort. Il y avait aussi la douleur qui crispait ses traits par intermittence, annonciatrice du cancer qui l'emporterait un jour. Même rongé de l'intérieur, il demeurait le confesseur œcuménique dispensateur de l'absolution qu'il ne s'accordait pas, le reprogrammateur des inconscients flétris, le récipiendaire des maux de l'amour.

Oncle David ne se séparait jamais de son scarabée en jaspe vert.

De quoi cet insecte coprophage pouvait-il bien le protéger ? Des flots de merde viscérale que venaient déféquer ses patients ?

Un scarabée obèse.

Il avait un second objet fétiche : un Baku. Sculpture en bois d'un animal mythique avec des yeux de rhinocéros, une trompe d'éléphant et des pattes de tigre auquel les Japonais attribuent le pouvoir de dévorer les cauchemars. Elle était fixée, selon la tradition, au plafond de sa chambre.

Quand je lui parlai de mes cauchemars récurrents de noyade depuis l'accident du Canadel, il me donna l'objet. Mes angoisses nocturnes s'apaisèrent. Il renoua avec ses insomnies, me disant qu'à son âge cela n'avait plus d'importance.

À l'inverse de son frère, David Storm tentait de m'inoculer ce qui lui restait de foi en l'humanité dont il percevait le sillage à travers la beauté des œuvres d'art. Avec lui, j'ai arpenté les musées, les salles italiennes du Met, les collections antiques, l'Espagne du Siècle d'or.

« N'oublie pas, Lucyle, la vie est une constante découverte. Regarde, écoute, sens. Renonce autant que tu pourras aux habitudes : elles encrassent, bloquent la pensée. Seul un être *inhabitué* peut accéder à la grâce. La grâce, c'est l'injustifié, le mystère de la vie. Ce qui nous ouvre à la possibilité de l'amour. »

J'aurais pu mourir lentement de ma solitude d'enfant ; cet homme m'avait sauvé la vie en m'apprenant l'existence de la beauté.

La grâce existe, alternative à la hideur du monde, qui nous hisse parfois à certaine éminence sans laquelle tout semble fade.

J'ai grandi dans cet ailleurs onirique qu'il avait construit pour moi et dont les figures tutélaires étaient Ludwig, le roi fou de Bavière, Visconti, Britten, la Callas, Proust. Idoles gays sacrifiées sur l'autel des *Barbares*.

« Je ne me résoudrai jamais à ce qu'il n'y ait rien d'autre que la matière, disait-il. Lucyle, trouve l'énergie mystique dans la musique, la peinture, les livres, les films, dans la nature aussi. Élève-toi vers l'indéfinissable. »

Durant les quinze premières années de mon existence, oncle David m'avait guidée vers d'autres altitudes. Se rendait-il compte qu'il m'éloignait ainsi des autres ?

Il voulait m'enseigner la Solitude en tant que préalable à toute création.

Exploration initiatique de nos propres confins.

Une Liberté.

Quand il quittait la ville, c'était pour des paysages désertiques.

Au fur de ses pérégrinations d'anachorète, il finit par trouver *son* désert, au nord du Chili.

La nuit, le ciel y est si pur que l'on peut contempler à l'œil nu les explosions de supernovas dans le grand nuage de Magellan. De cette exploration stellaire sur les vagues minérales du désert d'Atacama, il retenait le vertige de l'infini.

Le matin, il partait avant le lever du jour le long de la crête des dunes, pour contempler le commencement du monde dans un halo mauve.

L'homme aimait ces bords de nuit d'avant l'aurore. Il y saisissait cet état d'esprit qui n'existe qu'au petit matin ; aussi corrompu qu'on ait pu être la veille, on retrouve une pureté ontologique.

Quand il me racontait ses voyages, c'était avec l'éblouissement de l'enfance, sans que perce la moindre amertume d'avoir dû y renoncer quand sa santé se fit chancelante.

Il me décrivait les toiles qu'aucun artiste ne peindrait jamais.

Oncle David me fit promettre de prendre un jour la route de ces terres australes. Il y avait fait construire un sanctuaire : « Pour toi, Lucyle, quand le moment viendra… »

Lorsque la famille retourna vivre à Paris, pour mes quinze ans, le quitter fut un déchirement. J'allais perdre la seule personne avec laquelle j'avais le sentiment d'être en lien. Je ne voyais aucun enfant en dehors des cours que je suivais au Lycée français. La distance était trop importante entre leur univers et le mien. Aucune porosité possible.

« Lucyle, me dit-il alors, nous serons toujours présents l'un à l'autre. L'un en l'autre. La distance ne concerne que les cellules dont nos corps sont constitués. Nous avons créé un lieu secret qui n'appartient qu'à nous deux, un centre où confluent nos esprits. »

Oncle David approchait quatre-vingts ans.

Comment ce spectre décharné pouvait-il dégager une telle énergie vitale après ce qu'il avait traversé, en dépit du mal qui le rongeait lentement ?

La foi.

Foi en l'existence de cette grâce dont il m'enseignait les signes. Cette grâce, tenue et émouvante pour qui avait appris à la capter.

Le souffle poétique du *Fûryû*…

Il avait dix-neuf ans quand il débarqua dans les camps d'Ellis Island. Seul, dans un pays dont il ne parlait pas encore la langue.

On n'imagine pas ce que représentait alors la vision de la statue de la Liberté pour ces êtres rejetés par la guerre qui ravageait l'Europe : la possibilité de vivre.

Il n'évoqua jamais devant moi les tourments qui durent être les siens ces premières années de dénuement.

C'est mon grand-père qui m'en parla un jour. Il méprisait ce frère qui put quitter l'enfer sans lui.

« Ton grand-oncle est un pédé, une tapette quoi… C'est grâce à son beau petit cul qu'il a pu survivre en arrivant là-bas et payer ses études : une pute homo ! »

Grand-père oubliait qu'il avait pu se nourrir grâce à l'argent des passes de son petit frère quand il débarqua à son tour, plus que nu.

Que m'importaient les accidents sordides du destin, cet homme incarnait la grâce qu'il voulait me faire partager. Je n'ai pas rencontré d'être qui portait en soi à la fois tant de noblesse et d'humilité.

Jamais son esprit ne s'est figé ; ce mouvement constant, cette curiosité le propulsaient vers le monde, vers les autres dont il savait percevoir la parcelle de poésie qui gît en leur fond, même chez les plus dépravés.

« Lucyle, la déception fait partie de la découverte. Elle n'est que l'expression d'une erreur d'aiguillage, rien de plus. Trompe-toi souvent, ce sera la preuve que tu avances, que tu es vivante. »

Toute sa vie, il ne cessa de sourire.

Ses sourires étaient autant de portes ouvertes : « Entrez, je vous accueille. »

Malgré le cancer des intestins contre lequel il commençait de se battre. Malgré l'anus artificiel et la poche à merde. Trop de bites à *ten bucks* la passe ?

J'avais cessé de sourire depuis longtemps.

Dix ans. Depuis le suicide de Laure Han.

31

RIEN

Hier après-midi, oncle David m'a appelée depuis son sanctuaire new-yorkais. Il me demande des nouvelles de ma sœur. Je lui parle. De sa non-détresse qui me touche, de ma détresse qui n'émeut pas.

« Tu n'es pas dans la réalité.

— C'est quoi la réalité ?

— La vie. Regarde-toi, Lucyle, depuis dix ans tu fais ton possible pour t'en éloigner en dépit de ce mariage. Et tu y es presque parvenue. Au lieu d'apprendre à aimer les vivants tels qu'ils sont, tu préfères les morts. Ça t'empêche de vivre, d'avoir des enfants… Tu ne t'intéresses qu'aux cimetières et à leurs occupants, te contentant d'émotions par procuration. Tu persistes à fréquenter tous ces gens qui sont si loin de toi.

Retrouve la grâce et accorde-toi la possibilité d'aimer. Pour cela il faut que tu recherches l'origine de cette morbidité. Elle vient de très loin… »

Nous restons sans rien dire un long moment, chacun à un bout du fil.

J'entends son sourire.

On ne me sourit plus.

Des larmes jaillissent.

« Te souviens-tu, Lucyle, de la dernière fois quand tu as pleuré ?

— Il y a quelques mois, quand j'ai voulu me regarder dans un miroir. Pour me voir. J'avais l'impression que derrière mes yeux il y avait un désert, cela faisait une éternité que je n'avais plus pleuré.

— Et avant cela ?

— Quand mes parents m'ont annoncé que j'allais avoir une petite sœur. J'ai lu un tel éclat de bonheur dans les yeux de mon père que ça m'a transpercé le cœur. »

Je hoquette entre deux sanglots, reniflant et essuyant larmes et morve.

« J'avais neuf ans et j'ai compris que j'allais désormais être isolée. En dehors de toi, mon père était le seul dont je recevais de l'amour. Il allait être autour de cette enfant comme il avait été avec moi. Il m'a dit que désormais je ne serais plus sa petite fille mais une jeune fille autonome, comme s'il cherchait à me faire plaisir en m'honorant d'un nouveau statut dont je ne voulais surtout pas. Ma sœur m'a volé mon père.

— C'est une blessure d'amour, Lucyle. Une blessure ravivée par l'accident de ta sœur. Mais cela n'explique pas ton tropisme pour la mort. Et avec ta mère, à quel point en sont vos relations ? »

J'arrête de pleurer.

« Ma mère ? Rien.

— C'est ce *rien* qu'il faudrait creuser, Lucyle… »

Rien. Quatre lettres pour exprimer le néant.

Un impossible néant.

Je n'ai pas de souvenirs de gestes de tendresse de ma mère.

Je m'aperçois que j'ai tenté de l'effacer, en vain : on ne coupe pas la branche dont on est un rameau sans se tuer soi.

À son absence de douceur j'ai opposé cette froideur de défense qui m'isola de tous. Dans ma souffrance égoïste, je n'avais jamais songé que son incapacité à me prodiguer ces gestes maternels avait probablement été une douleur pour elle. Elle aussi avait reçu à son insu l'héritage des souffrances et des hontes familiales. Sa propre mère l'avait programmée à s'interdire d'aimer cette enfant, portrait craché du père déserteur.

La mère se vit comme une bâtarde.

Est *une bâtarde*.

Et me frappe du même anathème : ton physique différent du nôtre t'exclut du clan, expie !

Je ne saurais expier une faute dont je ne suis pas coupable.

Répétition fatale, le legs de la haine est imparable : il se transmet insidieux par filiation jusqu'à ce qu'un jour quelqu'un fasse que cesse l'entropie.

Nous sommes les gisants inconscients des secrets de famille, des souffrances et des ressentiments claniques.

Et l'on voit se dissoudre la part de hasard de nos existences déterminées par les chagrins, les crimes et les humiliations de nos aïeux.

Dessiccation d'un présent dont s'abreuvent nos fantômes intimes.

Partir en chasse : ça s'attrape comment un fantôme, avec un filet à papillons ou bien en plongeant dans les flots obscurs de l'insu ?

Cette nuit, je n'ai pas dormi. J'ai accepté l'insomnie et ses démons. La raison se dérobe à sa logique diurne pour que triomphent nos mondes intérieurs et les angoisses qui y gisent. Elles se réveillent hors de la conscience et de la raison, surprennent et étreignent physiquement. Jusqu'à ce que l'aube dissolve ces spectres surgis d'outre-tombe.

Et les mutilations mentales de l'enfance s'estompent.

Il faut beaucoup de mémoire pour éconduire le passé.

32

NAISSANCE

De mon lit, j'interroge du regard le triptyque qui me fait face.

Je l'avais acquis deux ans auparavant lors d'un vernissage dans une galerie du Marais. C'est le seul objet que j'ai emporté en quittant mon mari. Avec le Baku d'oncle David.

L'exposition réunissait une vingtaine d'œuvres contemporaines sur le thème de l'autoportrait. La pièce majeure de l'exposition était un triptyque photographique en grand format.

Le panneau central représentant le tronc d'une femme cadré de la naissance des poils pubiens aux premiers renflements des seins me troubla profondément sans que je comprenne l'origine de ce malaise. Un temps assez long je me suis tenue ainsi, debout face à la photo, en retrait pour la contempler dans son ensemble, pas assez éloignée cependant pour que, entre l'œuvre et moi, s'immiscent les importuns. Soudain, je pris conscience de ce qui me perturbait dans cette image trompeusement lisse : le nombril avait disparu.

Pourquoi gommer son origine, *a fortiori* dans l'expression d'une représentation de soi ?

La photo de gauche était l'agrandissement de l'empreinte digitale d'un index : à travers les étranges volutes que créaient les méandres d'encre bleue semblait se dessiner l'esquisse fantomatique d'un visage. Sur celle de droite figurait une kyrielle de bâtonnets multicolores rangés en colonnes ; je compris qu'il s'agissait d'un caryotype.

Un bien étrange autoportrait qui ne dévoilait rien, qui dévoilait tout. La photographe parvenait à communiquer des données essentielles et objectives tout en laissant un espace vacant pour que subsiste le mystère de qui elle était.

Un autoportrait désincarné.

Heurtée par la dimension cathartique de l'œuvre, j'achetai le triptyque.

Au-delà du mystérieux non-dit, j'avais aimé ce travail, achèvement d'une disparition volontaire. On ne pouvait être plus proche de la vérité en dévoilant sa carte génétique. Tout y est inscrit, il suffirait de savoir décrypter ces glyphes chromosomiques pour lire le résumé de sa vie physique, passée, présente, à venir.

L'artiste n'apparaissait qu'à travers l'expression même de ce désir de disparaître.

Tout autoportrait contient une faculté spéculaire pour celui qui le contemple ; je mis longtemps à trouver la réponse qu'il contenait pour élucider ce trouble de l'identité qui m'entraînait par des intermittences de plus en plus rapprochées vers un vide affolant.

Sans attachement ombilical, je devins électron libre me cognant dans les recoins de la cellule familiale en quête du lien manquant.

J'étais *désincarnée*, comme l'artiste.

J'ai voulu *gommer* ma mère.

J'ai voulu *gommer* ma naissance.

Je suis née à Paris au-dessus de la morgue de la clinique. C'était l'unique chambre encore disponible.

Seuls témoins : la sage-femme, l'obstétricien et l'anesthésiste. Personne n'attendait, ni mon père ni mes grands-parents.

Ma mère a tenu à subir une anesthésie générale.

Anesthésie : *a* privatif, *esthesis*, façon de ressentir.

Elle voulait nier ma naissance.

Notre gestation et notre naissance continuent longtemps à vivre en nous.

Personne ne m'a prise dans ses bras, si ce n'est la sage-femme, pour me secouer. Dans la nature, quand une femelle met bas, elle passe des heures à lécher son petit, à l'imprégner de son odeur.

Je n'ai eu ni regard ni contact.

Ma mère n'a pas voulu entendre mon cri, ce *premier* cri que toutes les mères attendent.

Ma mère ne veut pas savoir que je suis en vie.

Un bébé ne connaît que la vie ou la mort ; mes cellules ont été imprégnées à ma naissance de cette image de la mère inerte, promesse d'une mort certaine. Mémoire inconsciente de notre corps, celle qui nous gouverne.

Elle m'a donné la vie pour la reprendre aussitôt née.

Le manque et l'abandon sont les drôles de fées qui se sont penchées sur mon berceau.

Redevenir vivante.

Abandonner cette nécrophagie mentale ; je ne me nourrirai pas avec les morts.

Remplir le vide.

Il faudrait que je l'écrive, elle, Rachel Storm. La réincarner par l'alchimie de l'encre et du papier pour enfin *re-naître*.

33

LA MÈRE

Comment écrire sur *rien* ?

Ma mère vit dans sa nuit, je cherche un soleil.
Hécate mortifère, je l'eus voulue Séléné.
Sorcière des morts.
Lune noire.
Tout nous sépare.
Tout nous lie.

Écrire pour franchir ce gouffre qui bée, dresser une passerelle d'encre entre elle et moi.

Esquisser ses bras qui m'ont tant manqué pour que l'absence d'enlacements cesse de me tourmenter.

Ce qui est perdu est perdu à jamais.

Écrire pour faire le deuil de cette tendresse maternelle carentielle.

Elle n'est déjà plus l'absente.

Elle est là.

Les contours apparaissent. Une silhouette se dessine.

Yeux de velours sombres.

Chevelure de jais.

Grâce tanagréenne.

Statufiée, comme ces figurines antiques en terre cuite.

Ma pauvre mère happée par ses propres abysses.

Ma mère est alcoolique.

Ma mère amputée de tout destin dès sa naissance a trouvé sa *béquille*.

Elle commence à boire dès la fin du matin jusqu'à la léthargie qui entraîne l'oubli.

Plusieurs heures de sieste pour survivre.

Plusieurs heures *ailleurs*. Loin d'elle. Loin d'eux.

Puis elle recommence.

De la fin d'après-midi à tard le soir, elle boit, elle ingurgite son poison comme l'eau du fleuve Amélès qui efface les souvenirs.

Mais ce n'est pas d'eau qu'elle remplit sa cruche.

Elle boit du vin. Rouge sang. « Parce que c'est bon pour la santé », elle l'a lu quelque part. Plusieurs litres chaque jour.

Ma mère boit. Ma mère dort.

Ma mère est morte dès sa naissance. *In utero.*

Comme l'enfant qui la précédait dans le ventre de sa propre mère.

Sa vie n'aura été qu'agonie muette. Un lent suicide.

Bras vengeur de ma grand-mère, elle épousa sur ses ordres un homme qui ne l'aimait pas. Un homme qui préférait les petites filles blondes...

Mon père est mort à treize ans, à Damville.

Mon grand-père est mort à vingt-quatre ans, au Vélodrome d'hiver.

Ma grand-mère est morte à vingt-cinq ans, à Oran.

Mon oncle David est mort à dix-neuf ans en tapinant sur les trottoirs défoncés de Manhattan Sud.

Je suis la seule rescapée de cette extermination familiale, née à trente ans d'une morte, Rachel Storm.

Belle comme la nuit, avec sa voix grave, éraillée par l'alcool et la cigarette, sa voix qui ne me racontait jamais d'histoires.

Elle n'a jamais vu le jour.

34

DÉSIRS

Vingt ans, l'âge supposé de tous les désirs.

Quels désirs pour une jeune femme enclose dans une généalogie mortifère ?

Je n'avais pas encore pris la mesure de cette névrose obsidionale.

Je savais seulement que je n'étais pas comme *eux*.

Me souvenir de mes vingt ans.

Je venais de cuber khâgne, d'échouer à Normale. Les subsides paternels me permettaient d'envisager l'avenir sans me soucier de décrocher un emploi.

Guy de B., l'homme qui pissait assis, était mon petit ami, rencontré dans l'un de ces rallyes qui réunissaient la jeunesse des fins de race afin qu'elles ne s'éteignent pas tout à fait.

Le père de Guy, comte de B., réprimait une grimace de dégoût chaque fois qu'il devait me saluer. Il avait cette habitude contemptrice de s'adresser indirectement à moi en me désignant en tant qu'*elle* : « Va-t-*elle* nous accompagner, à la chasse, en promenade… ? » Il ne s'adressait qu'à son fils, ignorant ostensiblement ma présence. Le pronom personnel préféré au prénom comme la marque du mépris dans lequel il me tenait.

La première fois qu'il daigna me recevoir dans leur château, il exigea de me conduire dans la grande galerie sans que j'eusse déposé mes bagages. Nous la traversâmes en marquant une courte pause devant les portraits de chaque ancêtre dont il déclinait faits d'armes et titres. À la fin de cette traversée de plusieurs siècles le comte de B. conclut par cette phrase lapidaire : « Vous comprendrez que cela ne va pas être possible. »

J'ai failli épouser Guy de B. pour emmerder son père et tous leurs putains d'aïeux. Le souci de ne pas servir la névrose de mon grand-père l'emporta.

Je n'avais pas encore rencontré mon mari. Un homme sans particule, au grand dam de grand-père qui, depuis ma rupture avec Guy de B., m'en voulait de cette occasion manquée. Eh bien non, la toiture du château de B. ne serait pas payée sur les cendres d'Auschwitz !

Je vivais alors à l'entresol de l'appartement qu'occupaient mes parents, quai Voltaire. Avec Le Chat. Cadeau de rupture auquel j'avais renoncé à donner l'un de ces noms stupides dont on affuble les animaux dits de compagnie.

Dans ce VIe arrondissement qui bruissait encore des échos, de plus en plus lointains, de conversations des salons d'antan auxquels se mêlaient des effluves psychanalytiques, quelques relents de littérature germanopratine et désormais le grondement des multinationales du luxe qui avalent les librairies comme on picore des cacahuètes. Symptôme d'une époque qui a renoncé à toute dimension spirituelle. L'ère des *consommateurs*.

Pour combler la vacuité d'une activité sociale soutenue qui ne me satisfaisait pas, je me réfugiais auprès des morts. Leurs tombes, leurs écrits aussi.

Avec ma seule amie, Laure Han, nous partagions cette passion pour les autographes. Uniquement des lettres d'amour.

Nous avions le projet d'en faire une anthologie en réponse à une contemporanéité qui ne nous entendait pas.

Serais-je parvenue à atteindre mes vingt ans sans la tendresse de mon oncle David puis l'amitié de Laure ?

Je n'ai pas eu d'enfance.

Pas une enfance ordinaire.

Je n'étais heureuse que lorsque je me retirais dans les livres.

J'ai toujours plongé dans les romans à la façon des badauds qui entrent dans une agence de voyages, feuillettent les prospectus colorés et rêvent aux aventures qu'ils ne s'accorderont jamais, appareillant pour des voyages au long cours dont on connaît le port d'embarcation sans savoir sur quels rivages on fera naufrage.

Je me perdais ainsi dans les maux des auteurs : mort, haine, violence, ambition, détresse, amour, sexualité, et m'incarnais en épigone de ces héros tourmentés. Je me façonnais par procuration à la noirceur d'expériences de papier, souvent plus proches de l'humanité qu'étaient devenues les vies stéréotypées de l'immense majorité de mes congénères, la moitié d'entre eux trop occupée à survivre et l'autre à paraître heureuse selon le matérialisme en vigueur.

Les plus grandes œuvres évoquent rarement le bonheur à moins qu'il ne soit perdu. Comme s'il n'en pouvait avoir de perception que rétrospective…

Si les livres m'ont sauvée, ils ne m'ont pas préparée à affronter la réalité.

Les autres.

Le bruit des autres.

J'étais une enfant isolée dont le plus proche confident avait quatre-vingts ans. Je fus une adolescente dont l'introversion ne trouvait d'apaisement qu'auprès d'une jeune fille fantomatique. Nous faisions semblant d'être *vivantes* au sens où l'entendait la masse bruissante qui nous encerclait.

Et puis Laure est morte.

Laure admirait Pierre Teilhard de Chardin.

Plus personne ne lit Teilhard.

Teilhard était un saint. Teilhard ne baisait pas.

Elle possédait une lettre qu'il avait écrite à sa muse, Lucile Swan.

Sacré nom ! N'importe quel éditeur interdirait à son auteur de l'utiliser : « On ne touche pas à Proust, même avec un *n* en moins ! » Pourtant Lucile S. était presque contemporaine de Charles S. Tous deux ont en commun d'avoir perdu des années avec « quelqu'un qui n'était pas [leur] genre ».

Américaine très libre, déjà mariée et divorcée, ayant beaucoup voyagé pour échapper à la Dépression qui sévissait aux États-Unis, Lucile Swan vivait de ses sculptures. Elle fit d'ailleurs un buste de la belle tête patricienne du jésuite. Ils se rencontrent un soir de 1929 à Pékin, à un dîner chez des amis. Elle va l'aider à donner un visage à un vieux crâne exhumé lors de ses recherches de paléontologie comme elle l'encouragea à donner corps à sa pensée tout au long des vingt-cinq années que dura leur liaison épistolaire.

Aimait-elle Pierre Teilhard parce que leur amour était impossible dans sa concrétisation physique ? Si son désir avait pu être assouvi, l'aurait-elle aimé sa vie durant ?

Quelle force a pu pousser cette femme indépendante et libre en apparence, à choisir un amour inaccessible ?

Le 6 mai 1936, elle écrit dans son journal :

« Tout un monde paraît s'être écroulé — Je pense que rien n'a changé — Je vois mieux, c'est tout — [...] *Rien n'est parfaitement beau sur cette terre — Je suppose que c'est la raison pour laquelle la religion a toujours eu une place —* [...] *Je pense que j'ai compris au fond de moi-même que presque tout était de mon propre fait*[1]. »

Être humain suppose la construction de fictions. Des fictions qui engendrent des désirs non moins fictifs. Béances vouées à la douleur.

La durée du désir qui ne s'éteint pas : désir liberticide qui engendre l'addiction ou désir moteur qui maintient en vie ?

Chaque désir naît d'un manque.

L'étymologie *de-siderare* signifie la perte de l'étoile.

À l'instant où on lève les yeux vers cette étoile, peut-être est-elle déjà éteinte : plusieurs années séparent l'œil humain de l'objet céleste qu'il contemple.

La plupart du temps, on regarde des astres morts.

On peut devenir désespéré quand on comprend que le désir qu'on a nourri est irréalisable, et le manque à jamais incomblé.

Désirs errants, dans la nuit étoilée.

Désirs desséchants.

1. Pierre Teilhard de Chardin / Lucile Swan, *Correspondance*.

35

DEUILS

Laure Han m'a légué son violon. Et sa collection de lettres d'amour.

Elle savait que je ne jouais d'aucun instrument.

Elle m'a légué une part d'elle-même.

Fait de moi la récipiendaire de sa douleur.

De son impossibilité d'être au monde.

De son aporie entre son désir d'amour et l'impossibilité de l'objet.

Quand j'ai lu la petite annonce, j'ai compris que je n'avais pas fait le deuil de Laure.

Son fantôme me hante depuis dix ans.

Je réalisai soudain que la mort de cette amie m'avait précipitée dans les bras de mon futur mari. Immobilisée dans une vie caricaturale.

J'ai sorti le violon de son étui, j'ai étalé les dizaines de lettres de sa collection.

Longtemps je suis restée à les contempler.

Toutes ces larmes retenues depuis dix ans, je les déversais enfin.

Les lettres, je les ai brûlées, une à une.

La flamme dévore le papier, les mots des amours mortes deviennent cendres. Je tiens chaque lettre entre le pouce et l'index jusqu'au moment ultime de me brûler. Je la lâche, elle choit, dans la cuvette des toilettes. La chasse d'eau achève de la dissoudre.

Plus tard, quand la nuit est tombée, j'ai pris le violon que son père lui avait offert, l'ai remis dans son étui avant de descendre jusqu'aux quais.

Je l'ai jeté dans la Seine.

J'ai regardé le courant l'emporter vers la mer.

Petit cercueil de la jeunesse assassinée.

La malédiction des objets : le « Vuillaume » avait traversé l'histoire, passant des mains de Jacob Stormnevsky à celles de Laure Han, à soixante-dix années d'intervalle.

Ce violon ne portera plus malheur à personne.

Faire son deuil, ce n'est pas tuer une seconde fois le défunt.

C'est une digestion nécessaire.

On avale. Pendant des mois, des années, ça traverse les intestins.

Absorption des nutriments.

Puis expulsion.

Les garder en soi induit une constipation mentale. Les déchets s'accumulent : ça finit par tuer de ne pas chier ses morts.

Restent le souvenir et les atermoiements nocifs de ce *futur du passé* qui ne s'est jamais produit.

Et son lot de souffrances nées de la comparaison du présent avec le passé : si mon grand-père maternel ne s'était pas volatilisé ? Si ma sœur avait mis une serviette hygiénique plutôt qu'un tampon ? Si mes grands-parents paternels avaient émigré en Amérique dans les années 30 ?

Et *si*... Dérive uchronique qui ne mène nulle part.

Nostalgie de la vision du futur qu'on avait quand il était encore synonyme d'espoir.

Vision que le présent a transformée en anticipations erronées : la vie se charge de la dévastation des idéaux.

Ma sœur cherche à faire le deuil de ses bras et de ses jambes, ma mère celui d'un père qu'elle n'a pas connu, mon propre père celui de sa famille exterminée dans les camps, Laure Han s'est trop rapprochée de son père pour n'avoir su faire le deuil de sa mère, et moi, celui de l'amour de mes parents.

Et combien d'autres deuils déniés dont nous ne soupçonnons pas l'existence ?

Je voudrais tant que ces morts me foutent la paix !

36

LE CHAT

Après que mon mari eut tenté de me tuer, je suis partie.

Précipitamment.

Quand je suis passée à notre appartement pour récupérer quelques affaires, *le Chat* n'était plus là.

Je l'ai cherché dans ses cachettes habituelles. En vain.

Tous ses accessoires avaient disparu : litière, grattoir, écuelles, brosse, jouets, provisions de croquettes, sac de voyage. Comme si aucun animal n'avait jamais vécu pendant dix ans à cet endroit.

Je me résolus à appeler mon mari.

« Le Chat est mort », me dit-il.

Il ajouta : « Ça t'apprendra ! »

M'apprendre quoi de plus que je ne savais déjà de cette violence ?

Le lendemain de mon départ, il a emmené le Chat en voiture jusqu'à la forêt où il avait ses habitudes de chasseur.

Il l'a attaché à un arbre, sorti sa carabine du coffre, puis il a tiré.

Il a fait un feu, brûlé le cadavre et ses accessoires.

Tas de cendres dans la forêt.

Je n'ai jamais éprouvé de dilection pour les animaux *familiaux*.

J'avais trop vu ma grand-mère puis ma mère prendre soin de leurs petits chiens comme elles auraient dû le faire de leurs filles. Ils avaient tous les droits que je n'avais pas, toutes les attentions affectueuses dont elles m'avaient privée.

Elles faisaient partie de ces gens qui entretiennent des rapports trop humains avec leurs animaux de compagnie. À la limite du ridicule. Surtout quand elles leur parlaient en minaudant. Ces bêtes étaient élevées pour plaire.

Avec le Chat, c'était différent.

Il n'était ni domestiqué ni familier. Gisait en lui quelque ressouvenance de sa félinité.

Dans une sorte de respect tacite nous avions appris à cohabiter.

Nous nous étions *habitués* l'un à l'autre.

C'était un animal *silencieux*. Je n'ai jamais entendu le bruit de son miaulement.

Je n'ai pas demandé à mon mari si le Chat avait miaulé.

37

HAPPY BIRTHDAY

Je suis allée voir ma sœur à l'hôpital.

C'était son anniversaire.

Je me suis préparée avec soin, maquillée et coiffée comme pour un rendez-vous galant. Mes parents étaient là. Ma mère m'a dévisagée avec hostilité.

Ils ont offert un collier. J'ai refréné un rire. Plus de mains, plus de bagues.

« Maman, masse-moi », et ma mère s'exécute : elle masse chaque moignon consciencieusement, pour soulager la douleur. Quelle douleur ? Il paraît que la connexion est encore établie entre les régions du cerveau qui commandent le mouvement et celles de la perception de la douleur. Elle a mal aux jambes et aux bras qu'elle n'a plus : crampes, fourmillements, brûlures.

Je ne parviens pas à ressentir la moindre pitié.

Syndrome des membres fantômes.

Je suis anesthésiée.

Je contemple son incohérence physique, fascinée et épouvantée comme devant une vision d'horreur.

Une vision pornographique.

Obscène.

Ambiance à la *Freaks*.

Les vrais monstres en ont parfois l'apparence. Ils sont le fruit d'autres monstres qui les ont précédés.

Est-elle une femme ?

Une chimère au buste de femme.

Et vierge éternelle. Je savais ma sœur asservie aux diktats de sa religion, convaincue du devoir de préserver sa virginité pour le mari qu'on lui aura choisi.

Qui voudra d'elle désormais ? Même présentée comme une dinde de Thanksgiving sur un lit de dollars.

Par petite annonce, rameuter les pervers :

Ci-gît jeune fille

Vingt ans et toutes ses dents

Sans bras

Ni jambes

Recherche

Homme membré

Pour défloration.

Parmi les perversions sexuelles répertoriées, il en est une qui concerne ma sœur, l'acrotomophilie.

L'étymologie est éclairante : *acro*, extrémité, *tomo*, coupure et *philia*, amour. Celui qui aime les extrémités coupées.

L'acrotomophile est attiré par les amputés. Il y a une échelle de préférences : une amputation traumatique sera préférée à une amputation congénitale. L'objet, une femme en général, se voit paré d'une aura supplémentaire et devient déesse, invincible, toute-puissante. Elle est idéalisée.

Voilà pour ma sœur, future déesse d'un pervers qui se prosternera, non pas aux pieds qu'elle n'a plus mais au niveau de son sexe.

Ma sœur se masturbait-elle ?

Pas son genre.

Nous ne nous faisions pas de confidences. En fait nous ne nous parlions pas en dehors du minimum vital requis par la *cellule* familiale.

Cellule, substantif inapproprié qui évoque davantage l'univers carcéral qu'un foyer chaleureux.

Drôle de famille qui ne jouit pas. Ni la mère, ni le père, ni le grand-père, ni la sœur. Parce que la grand-mère a trop joui ?

38

QUAI VOLTAIRE

Je marche avec lenteur dans les rues étroites déjà assombries par le jour déclinant pour descendre vers la Seine.

Le fleuve est enluminé par les reflets orangés d'un ciel pâle.

Quai Voltaire, je m'arrête un instant, regarde une péniche qui glisse vers l'île de la Cité chargée de ses touristes insouciants, puis tourne à gauche jusqu'à l'immeuble.

Je compose le code de l'imposante porte cochère en bois sculpté du numéro 7.

Sonne à l'interphone : *Daniel et Rachel Storm.*

Une caméra s'allume, j'entends le déclic qu'on a actionné, la porte s'ouvre sur le grand escalier.

Je gravis les marches en pierre lisse jusqu'au premier étage, prenant garde de ne pas glisser avec mes escarpins trop hauts.

Je me suis apprêtée avec soin, choisissant une jupe évasée en corolle, la taille est soulignée par une large ceinture. J'ai laissé mes jambes nues et ma longue chevelure dénouée.

J'ai rendez-vous avec mon père.

Mon père qui ne me regarde plus depuis l'amputation de ma sœur.

Sur le palier, la porte est ouverte par le maître d'hôtel, imperturbable, protégé par l'invisibilité inhérente à son statut de domestique stylé. Il se tient droit dans l'embrasure de la porte.

Le regard plonge dans la perspective des pièces qui s'enchaînent en enfilade jusqu'à la Seine, révélant un univers chargé et précieux de boiseries et de dorures.

« Bonjour, Albert. Comment allez-vous ?

— Bien, Mademoiselle Lucyle, je vous remercie. Monsieur aura une demi-heure de retard. »

Je vais m'asseoir dans le petit salon qui ouvre sur une cour à l'italienne, à l'arrière de l'immeuble. Le maître d'hôtel me propose un thé vert japonais, il connaît mes habitudes.

Assise dans l'angle d'un canapé recouvert de brocart jaune je parcours du regard les tranches des livres d'art qui s'entassent dans la bibliothèque qui court jusqu'au plafond.

Mon père est collectionneur d'art.

Pour faire plaisir à mon grand père.

Je l'attends.

Je me lève, erre de pièce en pièce, en ces murs qui furent témoins des années d'adolescence.

Esprit des lieux.

Fantômes d'un passé qui ne nous appartient pas.

Dans cet appartement vécut Dominique Vivant Denon. Le baron face à son musée.

Les boiseries XVIIIe qui ornent les murs des pièces de réception furent couvertes de dessins et de toiles des plus grands maîtres : Rembrandt, Raphaël, Titien, Véronèse, Caravage, Giotto…

La comédienne Cécile Sorel laissa aussi des traces d'un autre genre en ces lieux qu'elle occupa un temps. Celles de ses mondanités.

Dans l'un des angles de la vaste salle à manger, de minuscules plaques de laiton sont clouées sur les boiseries, de façon aléatoire. Chacune porte un nom gravé, liste hétéroclite de célébrités du début du XXe siècle : Sacha Guitry, Léon Daudet, Clemenceau, Isadora Duncan, Jean Cocteau, Félix Faure, Nungesser, Colette, Maurice Barrès, Foch, Coco Chanel, D'Annunzio…

D'Annunzio, l'une de ses *grandes amours* à propos duquel Cécile Sorel écrivit : « *Mes amours ? Je me suis éprise. Je me suis méprise. Je me suis reprise.* »

Elle finit comtesse de Ségur en épousant le neveu de l'écrivain. Mais je ne suis pas certaine que les histoires dont ces murs furent les témoins muets conviendraient à de jeunes enfants.

Elle avait pris l'habitude d'immortaliser ainsi la visite dont l'honorèrent les personnages illustres de son temps. Tous morts, certains oubliés ; ce sont là les épitaphes d'une époque. S'il n'y avait la patine du temps, on pourrait trouver cette habitude plutôt vulgaire dans ce qu'elle a d'ostentatoire.

Quand l'agent immobilier lui raconta ces anecdotes, grand-père décida sur-le-champ qu'il s'agissait de l'appartement idéal pour conforter l'assise sociale de son fils.

À Paris, c'est plus compliqué qu'à New York où nous avions longtemps vécu : le snobisme français ne se dompte pas qu'à coups de millions de dollars.

Il fallait un *cadre*.

Soigner les apparences.

Peu importait que l'appartement fût bruyant, mal agencé avec des pièces de réception démesurées et des chambres sombres et étroites.

Denon, drôle d'homme que cet esthète libertin capable de chérir des reliques d'amours. Il conservait pieusement quelques ossements du Cid, Rodrigo de Diaz, et de sa royale épouse Jimena, obtenues de soudards qui dévastèrent l'Espagne durant les guerres d'Empire.

Son trésor le plus précieux : les fragments des dépouilles d'Héloïse et d'Abélard.

Je me promène parfois du côté de leur mausolée au Père-Lachaise : sous les deux gisants côte à côte, ce qui demeure de leurs ossements est enfin réuni dans un même cercueil. Cela aura pris plus de six cents ans…

Chérissait-il ces reliques comme le symbole d'un absolu auquel il pensait ne pouvoir prétendre, un Graal imaginaire en somme, toute tentative d'incarnation n'aurait été qu'une vulgaire falsification ?

Le charmant baron savait probablement mieux choisir ses objets d'art que ses femmes. D'ailleurs il ne se maria point.

Son recel funéraire ne s'arrêtait pas là, Denon possédait aussi une mèche des cheveux blonds de la divine Agnès Sorel. À croire que ce cher Vivant n'aimait que les mortes se contentant de baiser les *Vivantes* !

À la mort de sa belle Agnès, Charles VII exigea que l'on respectât le rite mortuaire réservé aux reines. On sépara le cœur du corps ; ils furent inhumés dans deux tombeaux de marbre, le premier en Normandie, l'autre en Touraine. Caprice d'un roi éploré qui goûta tant les décolletés célèbres de sa maîtresse, immortalisés par Jean Fouquet au XVe siècle.

La Vierge et l'Enfant : une vierge allaite son enfant… On y voit surtout une femme qui dévoile un sein blanc ultra-gonflé. Que Fouquet ait peint un tel sein sans être condamné par l'Église est à peine croyable : il attire le regard par son obscénité, ce n'est pas un sein nourricier. C'est un sein devant lequel on se prosterne, pour lequel on se bat. C'est un sein qui appelle une caresse sensuelle : il est tendu vers la main de celui qui regarde le tableau.

À l'instar de Caravage qui choisissait ses modèles pour peindre les saints et les madones parmi ses amies courtisanes et les petites gouapes qu'il allait draguer dans les bas-fonds romains, Jean Fouquet avait élu une putain royale pour incarner la Vierge.

Clair-obscur métaphorique : dans cette pénombre indécise, dont on ne sait si elle est crépuscule ou aube, se dissolvent les contours formels et surgissent les ambiguïtés profanes.

S'y meuvent alors les monstres qui sommeillent dans le fond de l'homme. Ils attendent leur heure, tapis en silence.

39

JEUX DE MAINS

Je traverse derechef l'entrée.

On y est happé par une vision de débauche imminente : sur le mur, deux immenses tapisseries des Gobelins sur lesquelles les maîtres lissiers brodèrent en fils de soie, d'or et d'argent des chairs musculeuses de guerriers romains s'emmêlant en corps à corps fratricides, face à quinze statues de femmes dénudées, toutes infirmes d'un bras ou deux, offertes aux caresses des visiteurs qui traversent ce harem minéral.

Une nuit que j'étais montée chercher un livre dans le salon italien, toutes lumières éteintes, l'appartement éclairé des seuls éclats des réverbères, je vis l'ombre du père, l'homme qu'était le père. Il se tenait là, face à sa favorite, une main posée nonchalamment sur la croupe charnue d'Aphrodite, à peine voilée d'un drapé de marbre.

Je vois la main caresser fesses, hanches, cuisses, remonter lentement jusqu'au sein rond qu'il se met à effleurer comme s'il s'agissait d'en faire durcir le mamelon. Je regarde, figée dans l'émotion du viol de l'intimité d'une scène qui n'aurait jamais dû m'appartenir, fascinée par cette main d'homme, longue et poilue, qui glisse sur la sculpture liliale : c'est la main de Pan.

Souvenirs en rhizome : cette main en appelle d'autres.

Celle du chirurgien de ma sœur, qui ampute.

Celle, fermée en poing, qui me frappa au visage.

La première chose que je regarde chez un homme, ce sont ses mains. Certaines sont sexuelles, d'autres pas. Je mesure la virilité d'un homme à ses mains, peu importe qu'elles soient longues et fines ou courtes et massives : soit je les imagine instantanément posées sur mon corps, soit je sais que jamais elles ne sauront me caresser.

Je vois la main de l'homme qui n'est plus le père, ne peut plus être le père en cet instant, descendre vers son entrejambe.

Je vois la main dégrafer les boutons, sortir le sexe et le branler contre la chair morte et glaciale.

Je découvre que mon père a un tout petit sexe en érection qui ne se dresse plus que pour des statues, femmes de pierre qui ne lui *couperont* pas la parole, femmes *impénétrables* qui ne riront pas de la taille de sa queue d'homoncule.

Sentiments de pitié et de dégoût mêlés. Climat incestuel troublant dont je me dégage sans un bruit.

La mort et le sexe nous traversent sans que rien d'humain ne s'immisce. Ils nous transpercent en permanence. Seules immutabilités sur lesquelles l'homme peut compter. Quels que soient les tabous qui les régulent.

La *favorite* de mon père… Cette Aphrodite est admirée depuis plus de deux mille ans. Elle appartint à Louis XIV ; s'arrêta-t-il devant elle pour la caresser ?

Combien de mains se sont ainsi posées sur elle ? Elle ne cache pas sa nudité en marbre de Paros. Elle s'offre.

Aux éjaculations d'un pauvre type.

Du secret hymen de ces déesses et hoplites musculeux émane quelque chose d'éminemment sexuel et délétère. Une sorte de Walhalla : le monde à l'instant de la perversion, le basculement vers le chaos.

Avant l'extinction.

Mon père n'est jamais venu.

40

ORIFICES

Quand j'étais petite fille, mon père assistait à mon bain.

Il me regardait.

Il regardait mon sexe. Paysage glabre de fillette.

Il laissait faire la nurse dont le gant savonnait le moindre recoin de mon anatomie.

Adossé au lavabo, impassible, seuls ses yeux suivaient les mouvements énergiques de la femme.

La petite fille se sentait importante d'être regardée.

Un jour, un seul jour, il quitta cette immobilité.

Ce soir-là il s'approcha de la baignoire et mit son index droit dans mon nombril. Puis s'en alla.

Je ne supporte plus qu'on touche mon nombril.

Quand il m'arriva, adolescente, de voir ma mère nue, je remarquai son sexe épilé.

Je ne lui posai jamais la question.

Un homme avec une petite queue aime les sexes de petite fille. Un sexe à la taille du sien.

Existe-t-il une étude sur la dimension moyenne du pénis des pédophiles ?

Je n'aime pas les sexes féminins rasés.

Produits de l'industrie pornographique dont les ramifications ont gangrené la société. Si puissante qu'elle impose désormais son esthétique au reste du monde.

Ces sexes sont l'expression d'une sensualité phallocentrique : trous du cul et chattes offertes, bouches béantes pour recevoir l'offrande de la bite.

Pour ma part, je n'ai jamais considéré que l'intromission d'une queue dans l'un de mes orifices fût un acte anodin.

Banalisation qui désacralise l'acte, annihile la possibilité du plaisir.

Hommes et femmes ne se *sourient* plus, ils se prennent.

Ouvrir ses cuisses, offrir ce sexe invisible, c'est le sourire le plus intime que l'on adresse à son amant.

Et le bruit du sexe.

Il ne s'agit pas des mots qui peuvent érotiser, mais des cris, des ahanements dont certains croient bon de souligner le coït. Regardez, entendez comme je jouis !

Soupirs, murmures, mots susurrés : l'extase est taiseuse.

Comment ne pas être frappé par la bêtise mâle persuadée que le plaisir féminin se mesure à l'aune des hurlements proférés ?

Volonté de demeurer dans cette cécité.

Négation par peur.

Curiosité atrophiée.

Il est vrai que les « bons » amants se font rares.

Femmes et hommes confondus à cocher les cases du processus coïtal en vigueur : elles sucent parce qu'il faut sucer, ils lèchent parce qu'il faut lécher.

L'homme qui pissait assis s'appliquait lors de l'étape préliminaire du cunnilingus, mais du bout de sa langue dégoûtée par avance. La façon dont il me léchait m'évoquait une poignée de main molle. Molle et moite.

Je n'aime pas les hommes qui n'aiment pas mon sexe.

Les baiseurs d'aujourd'hui se prennent pour des hardeurs de pornos. Les baiseuses épilées deviennent des poupées gonflables ventriloques.

Sexualité disséquée au grand jour alors que le plaisir charnel ne s'épanouit que dans l'ombre secrète d'une alcôve métaphorique.

Désespoir d'une époque dont l'acmé du rapport sexuel est « l'éjac faciale » ou « la double péné ».

La jeunesse, abreuvée d'images pornographiques et de performances idoines, entre désormais dans sa vie d'adulte sexuée de plain-pied sans parvenir à le prendre.

Dès treize ans, plus une chatte qui ne soit intégralement épilée : pauvres petites filles encore qui ne se rendent pas compte qu'elles singent les putes. On leur a appris la gestuelle de la baise, pas celle de l'amour.

Le temps est à l'exhibition.

Anthropophagie contemporaine : devenus objets, hommes et femmes se consomment entre eux.

Grandes solitudes.

Ils baisent à l'extérieur d'eux-mêmes.

À l'image de la déshumanisation du monde.

41
ÉCRAN

L'homme perd sa verticalité à se pencher sur son clavier devenu prolongation de lui-même.

Êtres affaissés, dissimulés derrière leur clone fabriqué pour plaire à l'époque : un clone ultra-performant, socialement, sexuellement et professionnellement.

Et l'on s'aperçoit depuis peu que les réseaux sociaux engendrent des suicides. À force de regarder sur les pages d'amis virtuels la perfection de leur réussite, on peut finir par se demander ce que vaut sa propre vie. Oubliant que l'autre ne va pas afficher sur son *mur* ses lamentations intimes.

Orgueilleux détenteurs du pouvoir suprême de *liker* ou *unliker*, ils jettent l'anathème comme les excommunications d'enfants cruels dans les cours d'école : « Toi je t'aime bien, toi on t'aime plus : va-t'en », sans se douter qu'on peut ainsi précipiter un être vivant dans un gouffre.

Bouffées dégoûtantes qui résurgent de ma non-enfance : ma différence m'excluait de leurs jeux que je regardais avec l'envie d'y participer. On ne joue pas seule à la marelle ou à l'élastique.

Je n'ai plus envie de jouer avec ces enfants sadiques devenus adultes *barbares.*

Avoir toujours refusé de me plier à cette exigence de transparence factice a contribué à m'éloigner des autres. Exilée volontaire de ma propre époque, je suis entrée en dissidence.

Combien de fois ai-je entendu cette remarque : « Mais enfin, Lucyle, tu ne *communiques* pas ! »

Communiquer, l'un de ces mots-phares de la sémantique contemporaine. Un mot de passe excluant pour qui ne le détiendrait pas.

J'ai renoncé à expliquer, à me justifier. Non, je ne suis pas sur Facebook, je ne *twitte* pas non plus, si l'on tape mon nom sur Google on ne trouve rien. Je n'existe pas sur le *web*, toile d'araignée où s'engluent les larves captives.

Je n'existe pas dans cette contemporanéité-là.

Habitude dérisoire de *googleliser* qui l'on vient de — ou va — rencontrer, pour tout savoir. Sur sa surface financière. Parce qu'il n'y a plus que ça qui intéresse. Le fric, la *success story.*

Les autres, des laissés-pour-morts.

Google devenu la Stasi du XXIe siècle. Et tous ceux qui contribuent, des agents exfiltrés d'Allemagne de l'Est.

Qu'aurait écrit Flaubert sur cette dérive technologique ? Une encyclopédie.

Tout est réduit, compressé, récrit dans un format court. Pensées écimées pour êtres faussement sachants.

Veaux abreuvés d'informations qu'ils éructent sans savoir. S'économisant de penser. Ils ne se posent plus de questions, ils ont toutes les réponses. Trop de réponses. Ils détiennent en quelques clics l'explication du monde sans la signification.

Individus informes à force d'être informés.

Errant hors du sens.

La pensée, dilatée, panoptique, exact opposé de ce pré-mâché.

Tandis que se dissolvent les liens ancestraux de la société, d'autres se créent, virtuels, parce qu'il y a moins de Dieu, moins de famille. Presque plus d'amour.

Le besoin d'appartenance s'est globalisé, engendrant un monstrueux troupeau génocidaire.

Bientôt sept milliards de téléphones mobiles connectés, autant que d'habitants. Un milliard d'adhérents sur Facebook.

L'addiction aux médias sociaux devance désormais celles concernant l'alcool ou la cigarette.

Voyeurisme mondialisé, résultante d'une mutation technologique trop rapide pour avoir été digérée : dix ans à peine.

Triomphe du superficiel.
La vérité n'est plus la norme.
C'est l'être intime qui meurt.

Tous à s'exciter sur leur clavier pour raconter leur vie au lieu de la vivre. Il leur faut des témoins. Des regards.
La narration immédiate phagocyte la réalité de l'instant, annihile l'émotion.
Twitteurs obsessionnels qui ne s'émeuvent plus. Imbus d'eux-mêmes au point de contribuer perpétuellement à ce flot d'inepties digitales qui se déverse dans le magma virtuel.
C'est le triomphe de l'opinion.
Toute poésie assassinée.

Qui veut vivre éteint son téléphone portable. Ne pas répondre à cette injonction nauséeuse d'être joignable à plein temps.
La plupart du temps, je ne réponds pas.
Je refuse d'être joignable.
Je voudrais être rejointe.

Pourquoi le monde devrait-il ressembler à ce que le plus grand nombre pense de ce monde ?

Si la réalité des hommes se conçoit comme les épousailles de notre monde intérieur avec un monde extérieur, la plupart n'y ont pas accès : ils demeurent au seuil d'eux-mêmes. Égarés dans des paysages de terres inféconds.

Quelque part, existe un monde *inédit*.

Un monde qui ne se regarde pas à travers le filtre d'un écran.

42

DÎNER EN VILLE

Mes parents organisent un dîner.

Le premier depuis l'accident de ma sœur et la mort de grand-père.

Ils m'ont convoquée.

Je noue mes cheveux en un chignon lourd d'où s'échappent quelques mèches dorées, choisis une robe en crêpe de Chine blanc qui me laisse le dos et les épaules nus. Pour éviter que la sophistication de la tenue ne bascule vers la vulgarité de l'apprêt, je ne mets point de bijoux.

Je n'ai pas envie d'y aller.

À pas lents j'arrive devant le 7, quai Voltaire.

Les sept fenêtres de la façade sont éclairées : Rachel et Daniel Storm reçoivent.

En haut du grand escalier, le maître d'hôtel m'attend sur le pas de la porte, prend mon étole.

Je me dirige vers le salon.

Sur les sièges et canapés disséminés en demi-cercle et tournés vers les fenêtres ouvrant sur la Seine, une dizaine de convives discutent à voix basse.

Mon père vient à moi, comme si de rien n'était, oubliant qu'il m'a fait attendre en vain quelques semaines auparavant, sans jamais rappeler.

J'observe l'homme qui avance vers moi, affichant un sourire avenant. Un sourire de circonstance.

Plus d'une soixantaine d'années, le port altier et la haute taille impressionnent d'emblée. Nez busqué, lèvres fines, regard perçant coiffé d'épais sourcils grisonnants, lunettes rondes en écaille, très large front dégarni, menton carré et proéminent : l'homme a une figure aquiline dont le profil ne déparerait pas une médaille romaine.

Rien dans son physique ne laisse présager qu'il a une toute petite queue.

Il m'enlace machinalement sans m'embrasser ni me regarder dans les yeux. À aucun moment son regard ne croisera le mien.

Mon père ne veut plus me *voir*.

Il me prend par le bras et s'offre à me présenter à ses hôtes.

Se côtoient sous les lambris un marchand d'art célèbre et son petit ami que les *heureux du monde* s'empressent d'inviter à leur table oubliant qu'il ne s'agit que d'un fournisseur ; un écrivain play-boy sur le retour et sa jeune muse du moment, figure du tout-Paris de la pensée ; une actrice dont on parle pour un prix, tous avantages exhibés, et la réalisatrice qui l'a portée aux nues, précipitant à son insu la chute de leurs relations gomorrhéennes ; un financier dont les succès se comptent en milliards accompagné par une grande femme très déshabillée ; un vieux prince valétudinaire aux titres exotiques et sa troisième épouse, belle encore malgré la cinquantaine dépassée et la fatigue des efforts vains pour lutter contre l'inéluctable.

J'observe les invités se regrouper autour de mon père comme des courtisans autour de leur monarque, l'écoutant avec un respect un peu trop marqué, chacun outrant le rôle qui lui est imparti.

Chorégraphie sociale.

L'actrice tient à la perfection celui de jeune première peu effarouchée alternant œillades et roucoulades, le marchand examine de son œil de connaisseur les œuvres présentées tout en y apposant mentalement le prix en millions de dollars et au passage le profit fort confortable qui lui échut, l'intellectuel de service fronce ses sourcils d'un air pénétré réfléchissant déjà aux bons mots qui le rendront inoubliable, la *muse* gratifie son *grand homme* d'un regard énamouré à perpétuité, tandis que le bel éphèbe se mire ostensiblement dans tout ce qui peut lui renvoyer son image adorée. Quant à la liane dévêtue, elle se frotte avec l'énergie du désespoir à son veau d'or indifférent, déjà tendu vers sa future proie. Le couple princier observe de son empyrée s'agiter les éléments du décor.

On identifie aisément les nouveaux venus à cet attachement trop prononcé aux *bonnes manières*.

La baronne Staffe — en vérité Blanche-Augustine-Angèle Soyer — écrivait pour les petits-bourgeois arrivistes, prolétaires parvenus et désireux de singer les codes de ceux qui les devancent. Les aristocrates ou assimilés n'ont que faire de ces usages : en général ils n'éprouvent aucun scrupule à se conduire comme des porcs, se considérant bien au-delà de ces détails contingents, par leur naissance hier, par leur patrimoine désormais.

Comme le comte de B. dont le fils pissait assis, qui ne prenait pas la peine de retenir ses rots.

Ainsi toutes les *pièces rapportées* du dîner dont l'unique rôle était d'accompagner les *vrais* invités de la façon la plus décorative possible paraissaient-elles raidies dans ce carcan si peu à leur taille. Caparaçonnées contre elles-mêmes.

Le jeu cynique consiste à rire *in petto* de ceux qui achopperont à l'étiquette : telle qui utilisera sa cuillère pour déguster un dessert au lieu de la seule fourchette tolérée, un autre qui lancera le blasphématoire « bon appétit », un troisième qui se resservira quand le maître d'hôtel hypocrite lui présentera une seconde fois un plat…

Je les observe.
Je n'ai rien à dire.
Je ne suis qu'un élément du décor.
La seule fille présentable qui leur reste.

Le décor : la pièce ouvre sur la Seine. Le soir est tombé. Je m'approche d'une fenêtre ; face à moi, illuminé, le Louvre offre sa splendeur.

Un bateau-mouche m'éclaire violemment, me faisant soudain actrice de ce Paris de carte postale pour les regards avides des touristes. Ce phare voyeur signifie l'irruption de la trivialité du monde dans cet univers enclos peuplé des fantômes de l'histoire.

J'ai toujours détesté assister aux dîners qui se tenaient là. Sous la pesanteur du regard moqueur des morts.

Dans le grand salon en enfilade le long du fleuve, au-dessus d'une table basse ovale, en miroir teinté rouge comme une flaque de sang, se reflètent les pampilles d'un lustre gigantesque.

Les toiles accrochées ne sont que vanités, toutes époques confondues. Un crâne de Warhol, *Skull* rose des années 70, côtoie l'austérité sublime d'un *Saint François* peint par Zurbaran.

Agenouillé et recueilli, le franciscain porte dans ses mains un crâne à l'envers sur lequel le peintre a concentré la lumière. Les mains immenses du saint ne conviennent pas à la ferveur de la posture : ce sont des mains d'homme, comme celles du chirurgien de la sœur, comme celles de mon père le soir où je le surpris.

Ce sont des mains *sexuelles*.

La cloison qui sépare la pièce du salon italien est ornée d'une collection de dessins qui représentent des membres isolés : jambes, bras, pieds, mains. Douze études préliminaires de Géricault pour son *Radeau de la Méduse*. Le peintre allait dans les morgues prélever des morceaux sur les cadavres afin de travailler sur pièces.

Que sont devenus les bras et les jambes amputés de ma sœur ?

Sur une console, à côté de l'âtre, un bras et une jambe en bronze semblent suspendus dans l'espace. Elles ont été sculptées par Giacometti.

C'est mon grand-père qui les a acquises, son premier achat d'art à New York. Parce que ça lui rappelait ses propres bras et jambes de spectre survivant d'Auschwitz.

L'ombre de ma sœur-tronc rôde. Appartement de spectres tragiques qui errent dans un halo délétère.

Comme un signal, les ingénieux réverbères télescopiques de Raymond Subes qui marquent les quatre angles du pont du Carrousel s'élèvent et s'illuminent, traçant une voie royale qui mène aux guichets du Louvre.

Tous sont là pour divertir ; certains ont la lucidité de le comprendre et y trouvent un intérêt, d'autres, non pas innocents mais idiots, ne soupçonnent pas une seconde qu'ils ne sont pas le centre de ce monde-là et qu'un seul geste de leur hôte pourrait les en éjecter sur-le-champ. Il faudrait être aveugle pour ne pas se rendre compte de la vassalité qui régit les rapports de ce microcosme : ceux qui sont ivres de pouvoir car ils n'en ont aucun, face à ceux qui en détiennent au moins un : la beauté, la supériorité intellectuelle ou l'argent, désormais étalon absolu.

Sexe, argent, pouvoir : le dîner pouvait commencer.

Tous les désespoirs leur sont permis.

Tigres qui tournent en rond dans leur cage dorée.

Ils vivent *à reculons*. Éludent la Vérité, quoi que cela veuille dire.

On ne peut pas jouir du spectacle de la déchéance des hommes.

L'avilissement d'un être n'est pas forcément le fruit d'une intervention extérieure : ils portaient en eux ce virus de l'abdication.

C'est mon dernier dîner.

43

AMOUR

Faire enfin *quelque chose* de ce temps coincé entre les deux polarités de l'existence que sont la naissance et le décès.

D'abord : quitter les morts.

Puis : quitter les morts-vivants. Ils hantent un lieu dont l'amour est absent. Un lieu érigé sur deux valeurs : la sexualité et l'argent. L'enfer, en somme.

« J'ai passé ma vie à soigner des êtres qui mouraient de manque d'amour, disait oncle David. En dehors de mon cabinet je croisais des gens qui couraient après l'ambition et n'avaient que faire des sentiments. La plupart croient aimer mais ne font que projeter sur un autre leurs propres fantômes. Les seules amours véritables qu'il m'ait été donné de rencontrer étaient des amours mortes. »

J'entends sa belle voix grave comme s'il était en face de moi.

L'amour, j'avais entrepris d'en réunir des preuves : tentative d'ancrer l'impalpable dans la réalité en réunissant les mots d'amour des morts en une anthologie pleine d'espoir, celui de la possible transmutation des sensations en sentiment.

Plus j'amassais de preuves auprès des marchands d'autographes, moins je donnais corps à la phagocytose opérée par les *autres*. Ils avaient commencé de me dévorer la main gauche, puis le bras, pour remonter jusqu'au cœur : amputation partielle que prévenait un garrot de lettres d'amours mortes.

L'amour est-il autre chose qu'une invention humaine ?

Une course contre l'ennui…

L'élan — amoureux ou autre — lié au degré de lassitude que l'on éprouve en tête à tête avec soi-même. L'ennui de soi pousse vers un autre capable de déclencher enfin une vraie curiosité, la quête de l'encor'inconnu.

J'ai rencontré des êtres qui tombaient amoureux mais se relevaient un peu trop vite de cette chute. Ils n'avaient fait que trébucher. Refusant l'incertitude dans laquelle s'inscrit tout sentiment.

Jamais ailleurs que dans les livres je n'ai croisé l'amour humain.

Ni ma mère ni mon père.

Seule ma grand-mère a aimé son marin. Avant de le haïr de s'être enfui.

Seul mon grand-père a aimé sa jeune épouse. Avant de haïr l'humanité entière d'avoir réduit Hedva en cendres.

La férocité de leurs rancœurs a condamné leurs enfants à l'impossibilité d'aimer.

La société profane réserve désormais à l'idéal et à sa quête une tolérance agacée et condescendante, de celle que l'on accorde aux *originaux* dont on murmure en aparté qu'ils ont cette « maladie de l'idéal », comme s'il s'agissait de doux dingues. Faut-il être fou en effet pour désirer aimer dans une civilisation qui ne se prosterne plus que devant un seul dieu à l'hétéronymie fluctuante ¥ $ € £ ?

L'amour devenu objet de dérision dans les conversations : on s'y moque des amoureux. Combien de fois n'ai-je entendu dans ces assemblées : « Mais tu ne vas quand même pas t'amouracher de cette fille, de ce type ? Tu es ridicule. »

Et la réponse, instantanée : « Bien sûr que non ! »

Triomphe de lâcheté.

Frigidité des âmes corrompues.

Si l'amour existe, il n'est pas dans la perversité.

Ni dans ces rapports de force qui régissent la plupart des relations humaines.

Le plus souvent, femmes et hommes commettent la même erreur : ils croient aimer alors qu'il ne s'agit que d'exercer ou subir un pouvoir.

On attribue un pouvoir à l'objet aimé : physique, intellectuel ou matériel, et l'autre s'en empare. C'est la rencontre de deux adultes consentants, l'un prêt à exercer un pouvoir, l'autre à le subir. Deux vides qui s'attirent sans que rien ne vienne emplir la béance.

Êtres-objets figés dans les apparences.

Éros exige de Psyché de ne pas le voir : l'amour au-delà de la semblance unit deux êtres-sujets, jamais saisis l'un par l'autre à l'état de choses.

Un homme peut subir la beauté d'une femme, une femme peut se sentir amoindrie par une intelligence qui la fascine, d'autres se compromettront pour un abri matérialiste. Peu importe le lien qui s'établit pourvu qu'il y ait reconnaissance de l'autre, même si elle s'incarne par la domination ou la soumission.

Ersatz d'amours qui se réduisent à un simple échange de bons procédés où chacun trouve son compte.

On ne résout pas ce qui lie deux êtres comme une équation mathématique.

Un homme et une femme négociés en contrat amiable qui régule les satisfactions.

Sujétion stérile.

Tous les possibles anéantis.

Ils tournent en rond dans le vide sidéral de l'absence d'émotions.

Ce qui détruit le plus un être, c'est la perte des émotions qui le relient aux autres.

Ai-je aimé un Autre ?

Ni l'homme qui pissait assis ni mon mari.

Je les aimais *bien*. Aux débuts.

Adjoindre une épithète à ce substantif, c'est en faire choir le sens.

Aimer équivaut alors au *like* anglais.

Pourquoi du français n'a-t-il émergé qu'un seul mot ?

Peut-être parce qu'on ne doit pas le définir.

Définir : du latin *definire*, fixer. Le *finire* amplifié par le préfixe *de*. Aller le plus loin possible dans la mise en place de limites, de bornes. Achever.

Définir l'amour serait le tuer.

Tout au plus peut-on tenter une formulation.

Une re-formulation.

Le *re* souligne l'antériorité de cet amour, perdu au fond des êtres. À jamais perdu pour certains.

Trouver une autre forme, écarter les limites.

Le mot, reformulé, donne la vie.

Seul réenchantement possible à portée d'homme.

Acceptation de la séparation nécessaire pour que s'opère cette distinction essentielle.

Idée sublime de la liberté entre charnel et spirituel.

Rencontre au-delà des contingences humaines.

Aimer, c'est ne rien vouloir de l'autre pour soi.

Peut-être que l'amour, cet amour-là, est réservé à ceux qui ont beaucoup vécu, déjà souffert, souvent douté.

Ceux, parvenus à s'éloigner des fausses nécessités et du paraître.

Ceux, parvenus à s'aimer eux-mêmes.

Un bien long chemin… Il faut avoir passé tous ces écueils de la quête des petits pouvoirs humains pour s'en défaire et chercher une autre harmonie qu'un équilibre bancal entre deux névroses.

Le pouvoir n'existe que par l'autre, à travers l'autre, contre l'autre, à la différence de la puissance.

Peut-être est-ce là qu'il se trouve, l'amour, dans la puissance, non dans le pouvoir.

Dans le souffle, le mouvement.

Les humains confondent puissance et pouvoir.

Ils se prennent pour des êtres puissants alors qu'ils ne sont que des êtres de pouvoir.

Pétrifiés.

La puissance ne s'exerce pas, elle est Une.

Elle est en soi, ou pas.

Être puissant, c'est justement ne plus avoir besoin d'exercer le moindre pouvoir.

C'est l'acceptation de ce couple à la fois rêvé et craint que forment liberté et solitude.

Combien y parviennent ? Peu. Très peu…

Si peu que le prêtre du Vercors dit à Malraux qu'il n'y a pas de *grandes personnes*.

Si deux êtres *puissants* se rencontrent, peut-être pourront-ils alors s'aimer.

S'aimer *nûment*. Sans conditions.

Être en silence avec l'Autre.

Deux aigles solitaires circonvoluant au-delà des canopées anthropiques. Loin de la rumeur humaine.

Je voudrais tant connaître cet amour-là avant de mourir.

C'est pour ça que je ne me tue pas.

44

LA SŒUR

Je ressentais cette apothéose de noirceur comme la promesse d'une lueur.

Passage de l'incompréhension à l'acceptation.

Je me souviens d'un astrophysicien qui disait savoir comment naissent et meurent les étoiles mais pas pourquoi elles existent.

Suis retournée à Garches.

Seule.

Je savais que ni le père ni la mère ne seraient là cet après-midi. Besoin de ce tête-à-tête avec ma sœur, de surmonter mon aversion.

Pour arriver au parking, on traverse un parc magnifique planté d'arbres centenaires : une sorte de paradis envahi par les monstres. On pense aux tableaux de

Jérôme Bosch : une nature édénique corrompue par des créatures infernales.

Je frappe doucement à la porte de sa chambre. Pas de réponse. J'entre. Elle s'est assoupie devant la télévision. Dans la pénombre, ce qui reste de son corps dessine une protubérance sous le drap blanc. Je la regarde sans parvenir à m'approcher.

À la droite du lit les quatre membres pendent, accrochés à des patères. Prothèses ultra-sophistiquées.

Deux bras et deux jambes. Parfaits. Au moins n'aura-t-elle jamais de problèmes de varices ni de cellulite. Je me demande si l'on modifie l'aspect des prothèses en fonction de l'âge…

Je ne résiste pas, j'avance pour les toucher. C'est tendre et soyeux. Du silicone, probablement. Les mains et les pieds me fascinent : les ongles semblent vrais. Une french manucure *ad vitam* ! Sauf que ma sœur se rongeait les siens.

Elle se réveille, me sourit.

« Bonjour, Lucyle.

— Comment vas-tu aujourd'hui ?

— Beaucoup mieux. Approche-toi… N'aie pas peur. »

Elle avait perçu mon angoisse. J'ai eu honte.

J'ai approché un fauteuil près du lit ou plutôt de l'engin qui lui sert de lit.

« Non, assieds-toi plus près…

— Sur le bord du lit ? ça ne va pas te gêner ? »

À côté, il y a une table avec deux brosses à cheveux, un téléphone, une trousse de maquillage… Incrédule, je regarde ces objets qui lui appartiennent mais dont elle ne peut plus se servir. Je ne comprends pas pourquoi ils sont là.

Le téléphone portable se met à sonner : *I'm a dancing queen*, la sonnerie la plus incongrue qui soit. Je la regarde, hébétée.

« Ben, réponds et approche le micro à mon oreille ! »

Elle parle, je comprends qu'il s'agit de son petit ami. Son petit ami d'*avant*…

« C'était Simon ?

— Oui. Il vient ce soir. Comme nous sommes samedi, il va rester dormir ici. Ça soulagera papa et maman. Et puis j'en ai un peu marre de les avoir tout le temps sur le dos avec leurs mines déconfites ! »

Elle se met à rire devant mon air qui ne l'est pas moins.

« Qu'est-ce que tu imagines ? Je suis vivante et tant qu'il y a de la vie il y a du désir…

— Mais…

— Mais quoi ?

— Heu, Simon…

— Il m'aime. Avec ou sans bras ni jambes. »

Je me mets à pleurer.

Ma sœur amputée des quatre membres était tellement plus vivante que je ne l'avais jamais été. Pour la première fois, au lieu de trouver là une injustice, je comprenais qu'elle me tendait innocemment un miroir.

« Ah non, pas toi, Lucyle ! Vous voulez tous m'enterrer ou quoi ? Oui, j'ai des projets. Oui, je vais continuer mes études dès que j'aurai maîtrisé mes prothèses. Oui, je vais devenir avocate. Oui, je vais me marier avec Simon et nous comptons même avoir des enfants ! Alors arrête de pleurer, s'il te plaît.

— Mais… tes enfants… comment comptes-tu les prendre dans tes bras ?

— Avec mes prothèses, idiote ! Ça me permettra au moins de les serrer contre moi. »

C'est moi qui venais puiser auprès d'elle l'énergie vitale dont elle débordait et qui me faisait défaut. Je l'ai regardée comme jamais auparavant, et à mon tour je lui ai souri. Pour la première fois.

« Veux-tu que je te coiffe et te maquille avant que Simon arrive ?

— Oui, je préfère que tu le fasses : l'infirmière est trop nulle ! »

Je lui ai brossé les cheveux, longuement. C'est le premier geste de tendre connivence que nous ayons jamais eu depuis vingt ans. D'un seul coup, ma colère à son égard s'est dissipée.

Comme une répétition fatale je compris que j'avais reproduit l'héritage de la haine : celui de ma grand-mère à ma mère, celui de ma mère à moi, le mien à ma sœur.

Nous avons passé une heure en tête à tête.

Simon est arrivé avec des roses. Je n'avais même pas pensé à lui apporter un cadeau.

En la quittant, je l'ai embrassée, sans dégoût. J'ai embrassé ma sœur et non pas un monstre informe. Je lui ai chuchoté à l'oreille : « Merci, Ava. »

En hébreu, Ava signifie « Je désire ».

Entière, elle demeurait incomplète. Cette amputation l'a fait accéder à l'essenticl d'elle-même et en finir avec l'idée qu'on a de soi qui, la plupart du temps, ne correspond en rien au fond de l'être.

45

ORPHÉE

Ce matin, j'ai décidé de sortir profiter du soleil de cette fin d'hiver. J'aime marcher sans but dans le froid sec qui balaie toutes les scories et me rappelle New York, perméable aux hasards surgissant parfois de ces errances.

Cela fait longtemps que je n'ai pas traversé la Seine.

Je choisis d'emprunter la passerelle des Arts où déambulent touristes, mendiants, groupes de jeunes, musiciens ambulants, vendeurs à la sauvette, Parisiens pressés même un dimanche… Les parapets grillagés du pont sont désormais envahis par les milliers de cadenas multicolores que viennent accrocher les amoureux du monde entier en pèlerinage dans la Ville lumière, comme s'il suffisait de ce geste pour enfermer l'autre, le posséder.

Il y a des villes féminines et d'autres masculines.

New York se dresse, phallique.

Paris s'alanguit, odaliscale.

Quand on regarde vers l'île de la Cité, on voit ce sexe de femme offert avec sa touffe d'arbres du square Henri-IV, semblable aux nus de Delvaux avec leur toison opulente. Et les deux bras du fleuve qui sont les jambes ouvertes sur le pubis. André Breton en fit un poème.

En flânant ainsi, je découvre une ville nouvelle : Paris devenait une énorme femme dont subitement apparaissaient les zones érogènes. Toutes ces caryatides lascives qui ornent les porches des immeubles, ces femmes opulentes de Rodin ou de Maillol dont les silhouettes d'airain fleurissent dans tant de jardins, les graffitis amoureux gravés sur les troncs des marronniers ou sur les bancs publics… Pas une fontaine, une place qui ne dévoile un sein !

Je perçois subitement toute la résonance sensuelle de Paris.

Une autre érotique qu'à Rome.

L'impression de me réveiller d'une longue léthargie.

J'aime l'enclave du Palais-Royal. L'équilibre parfait entre minéral et végétal. Et le regard malicieux de Colette à sa fenêtre du premier étage, à l'angle sud-est.

Les tilleuls ont perdu leurs feuilles, des bourgeons gorgés de sève s'accrochent déjà aux branches nues tels des cocons soyeux qu'auraient filés d'invisibles chenilles.

J'ai traversé la Seine comme le fleuve des Enfers. Orphée ne s'est pas retourné. Euridyce est vivante…

D'ailleurs, pourquoi Orphée s'est-il retourné ?

Parce qu'il a surmonté la perte de l'amour, triomphé de la mélancolie ? L'enfer du chagrin ne le submergera point.

Je suis remontée des Enfers.

Le chagrin de l'amour, c'est quelque chose d'insondable, à l'opposé du chagrin d'amour dont le deuil est possible. L'impression qu'on ne sortira jamais de cette monstruosité.

Il s'agit d'apprendre à survivre puis à vivre avec cette plaie béante et purulente qui s'infecte instantanément au contact du miasme le plus anodin.

Il a fallu descendre aux Enfers questionner les morts pour que ce chagrin ne m'empêche plus de respirer.

J'ai retrouvé un souffle.

Le sentiment puissant que ma solitude se dissout dans ce qui m'entoure.

À la mort de Laure, Pétrarque écrit : « *La postérité pourra-t-elle croire à tant de malheurs ?* » Mais les rives de la Seine ne sont pas celles de la Sorgue, ni celles de la Vistule.

Le paysage de l'existence se déploie, marqué des traces des pas précédents. Au fer rouge : impressions en creux dans la chair du temps.

On peut choisir de suivre ces empreintes ou tenter un chemin vierge. *Holzwege,* broussailleux, tortueux, imprévisibles, s'enfonçant dans la forêt obscure.

Ne pas marcher dans ces pas pré-écrits suppose la force de renoncer à une fatalité somme toute confortable.

Longtemps j'ai mis mes pas dans ceux des autres, épiant les routes possibles sans avoir le courage de les emprunter.

Per una selva oscura, soudain l'espoir d'un *Paradiso.*

Avant de tracer ce sillon encore jamais foulé, il me reste un dernier corps à enjamber.

46

SQUARE LAMARTINE

En sonnant à l'interphone de l'immeuble de l'avenue Victor-Hugo, je réalisai que cela faisait bien dix ans que j'avais soigneusement évité de mettre les pieds chez ma grand-mère.

Je suis venue à la rencontre du dernier fantôme.

Esther Molina est la seule personne au monde qui puisse m'aider, dussé-je l'y contraindre.

Fini les mansardes sordides de l'étage des bonnes, ma grand-mère occupe désormais un vaste appartement au *piano nobile* d'un immeuble haussmannien, à l'angle du square Lamartine.

En entrant dans le vestibule, je ne peux m'empêcher de penser qu'Esther Molina n'a pu parvenir à effacer le climat de ses origines : elle a perpétué en plein XVIe arrondissement l'ambiance de la Casbah.

Ce qui frappe en premier, c'est le bruit permanent.

Le silence convient à peu de gens en vérité.

Bourdonnement endémique pour ne pas entendre le silence des absents.

Il règne là une cacophonie émanant de plusieurs postes de radio allumés en continu dans chaque pièce, ponctuée des jappements d'une meute de petites chiennes agressives qui tournent autour de vous comme des harpies.

Puis l'odeur, alléchante d'ailleurs, d'épices orientales dont les effluves sucrés ou musqués vous enveloppent instantanément.

Un essaim de petites bonnes arabes drapées dans des caftans brodés m'entoure tel une nuée de papillons versicolores. Je reconnais parmi elles la vieille Milouda qui me gavait, enfant, de pâtisseries dégoulinantes de miel. Nous nous embrassons avec chaleur et Milouda entame aussitôt un long lamento dans son babil franco-berbère sur la santé déclinante de ma grand-mère et toutes ces années passées sans me voir.

C'était un monde de femmes. J'eus la conviction qu'aucun mâle n'avait jamais pénétré dans cet antre. Il devait y avoir, suspendues aux fenêtres, des gousses d'ail pour les en éloigner ! À moins que le souvenir d'un seul n'ait suffi à maintenir ce gynécée hors de toute profanation masculine…

C'est justement cet homme-là dont je suis venue chercher la trace : mon grand-père maternel.

Si ma grand-mère avait choisi mon prénom, elle ne l'utilisait jamais. Enfant, elle m'avait affublée de ce surnom infamant : « Ma crotte ».

Sa progéniture est défécation. La merde engendre de la merde.

Dans cette famille, avoir un enfant, c'est comme marcher sur une déjection canine : une contrariété. Ça ne porte pas bonheur.

Vocation excrémentielle de la descendance.

Je me retrouve enfin seule, dans le petit salon. Le sol est couvert de tapis et les murs de tableaux orientalistes de facture médiocre.

Ma grand-mère fait son entrée, petite vieille tirée à quatre épingles, impeccablement coiffée et maquillée, droite comme un I.

Noire.

Regard fuligineux, teint bistré, chevelure aile-de-corbeau.

Pas un sourire.

Elle porte l'expression de ceux qui n'ont jamais pardonné. Comme Jack Storm. Si mes deux grands-parents ont pris une revanche sur la pauvreté, ils n'en finiront jamais de se venger.

Ni oubli ni pardon.

Elle s'assoit, ombre grêle perdue dans un large fauteuil couvert de coussins.

La minceur est une exigence dont l'âge devrait se débarrasser : elle creuse, assèche, produit des caricatures momifiées travesties en portemanteaux pathétiques.

À force d'ascèse, le corps s'est vidé de toute substance.

Mannequins de vitrine moulés à partir de silhouettes octogénaires : femmes-enseignes que l'on ne caresse plus.

Ni l'une ni l'autre ne nous encombrons de faux-semblants, nous savons à quoi nous en tenir.

Esther Molina parle la première, sans le moindre ménagement, donnant le ton au reste de la conversation :

« Qu'est-ce que tu veux ?

— Que tu me parles de mon grand-père. »

Silence. Qui se prolonge, nos deux regards rivés l'un à l'autre : Esther Molina veut tester ma détermination.

« Je me demandais quand tu te déciderais à venir. Il t'en aura fallu du temps ! »

Il y a du mépris dans sa voix.

Elle crie pour appeler la bonne qui devait se tenir derrière le chambranle car elle entre aussitôt dans la pièce.

« Milouda ! Va dans ma chambre. Dans le tiroir de ma table de nuit, prends la boîte rouge et tu me l'apportes. Va, dépêche-toi ! »

Quelques minutes plus tard, la boîte est posée sur les jambes maigres gainées de bas fumés.

« À partir d'un certain âge il faut savoir oublier les bas trop clairs : la couleur chair ne convient qu'aux jambes jeunes et fines, sans varices » ; me reviennent tout à coup les centaines de règles d'élégance assénées par ma grand-mère. Il ne s'agissait pas d'y déroger, surtout pour ma mère qui ne s'est jamais accordé le droit au moindre laisser-aller : la représentation permanente, l'image qui annihile l'être. Trop de diktats ont tué la spontanéité, l'émotion… Pauvre Rachel, pensé-je.

Sa notion de l'élégance est obsolète, axée sur la seule apparence : vêtements couture et taille 36.

Je me souviens de ses réflexions mordantes sur les quelques rondeurs d'enfance de ma sœur : « Mais tu deviens obèse ! Ça fait pauvre… C'est répugnant ! »

Si je me réjouissais de voir ma sœur anéantie par l'acrimonie contemptrice de la vieille femme, je frémissais d'entendre l'atroce stigmatisation.

Son sang coulait dans mes veines.

En silence, je regarde Esther Molina ouvrir la boîte et trier des documents que le couvercle m'empêche d'apercevoir.

Je ne vois que ses mains de vieille femme. Des mains tavelées aux doigts noueux déformés par l'arthrose qu'elle ne peut plus ouvrir. Les ongles laqués rouge sombre, une bague énorme à la main gauche : ni les uns ni l'autre ne parviennent à tromper ce que l'on voit, les griffes d'une sorcière déchue de tout pouvoir.

Voilà ce que le passage du temps réserve à certains : à un moment, le masque finit par tomber et l'être profond remonte à la surface. On vieillit à l'image de ce que l'on a fait de sa vie.

Esther Molina extirpe une photo jaunie et tachée pour me la tendre.

« C'est lui. »

Un homme en tenue militaire arborant une fine moustache y apparaît coiffé d'une casquette, avec l'air fier des soldats d'avant le carnage, le torse bombé d'importance. Malgré le coloris sépia, on devine le regard très clair, droit face à l'objectif.

« Je peux savoir son nom, son prénom au moins ?

— Lucyen. Avec un *y*.

— Ça ne fait pas très breton…

— J'ai voulu te nommer Lucyle puisque tu es née avec un duvet blond et les mêmes yeux bleus. Ta mère a tenté en vain de s'opposer à ma décision. Elle essaya même de soudoyer ton grand-père paternel en lui suggérant Hedva, le prénom de sa chère femme disparue. Heureusement il n'a rien voulu entendre ce chameau-là ! Il ne voulait pas d'un prénom juif, va donc savoir pourquoi ! Quant à ton père, cet idiot a de suite adoré l'idée. »

Je me garde bien de lui expliquer les desseins obscurs de Jack Storm.

« Il est mort ?

— Oui.

— Comment le sais-tu ?

— C'était un peu avant le mariage de ta mère. J'ai demandé à quelqu'un d'enquêter.

— Tu l'as revu ?

— Non. Il était déjà mort. Sa femme et son fils aussi d'ailleurs. »

Elle sourit en disant cela. Comme si le destin tragique de ces inconnus allégeait son fardeau. Elle poursuit :

« Ils sont morts carbonisés dans la voiture qu'il conduisait. Ils revenaient d'une noce… Il les a tués parce qu'il avait trop bu. »

Son sourire s'étire en même temps que s'amplifie l'horreur du drame qu'elle énonce avec une délectation obscène.

Une sorte de loi du talion : l'offrande de cette femme et ce fils innocents lui était due en contrepartie de la honte subie. Esther Molina oubliait seulement qu'elle n'avait pas été violée : elle avait consenti à faire l'amour avec un marin, par définition *de passage*.

C'est si simple de se vivre victime et de faire de l'autre le responsable de ses maux. Peu échappent à la triangulation fatale : victime, bourreau, sauveur.

Je vois dans les yeux de ma grand-mère vaciller les flammes du carnage et les ombres dansantes des trois corps emprisonnés dans les tôles. Une si lente agonie qui n'en finissait pas de se répéter dans la mémoire de la vieille femme : c'était ce qui la maintenait en vie, faire en sorte que leurs souffrances ne cessent avant son propre trépas. Elle punissait Lucyen et la famille qu'il n'avait pas voulu construire avec elle ; vengeance d'une Médée de bazar.

« Mais tu es née… »

La traduction hébraïque d'Esther : « Je cacherai ».

Esther et ses secrets anathèmes.

Esther ne cachera plus ma lumière.

Je quitte sans un mot l'appartement, emportant la photo de ce grand-père que je venais de connaître, pour l'extraire d'une malédiction imméritée.

Lucyen Le Guennec, mort à Saint-Malo. Si près de Chateaubriand… J'irai, l'été prochain, voir les deux hommes.

Quelle mort peut procurer davantage de souffrances que l'immolation ? C'est le cri silencieux de ceux qu'on n'entend pas.

Des *meurtres d'âmes* dont les coupables impunis se repentiront dans l'enfer de l'éternité.

Que deviennent leurs larmes entre les flammes ?

Elles coulent sur les joues des suppliciés.

Le feu, comme Ingeborg Bachmann dans sa chambre de la via Giulia à Rome. Ce n'était peut-être pas un accident, ces mégots incandescents abandonnés sur le lit.

Elle ne s'est jamais remise du suicide de Celan : « *Ma vie est finie, car il s'est noyé dans le fleuve* […], *celui qui était ma vie. Je l'ai aimé plus que ma vie.* »

Elle fut brûlée vive à quarante-sept ans, dans la nuit du 25 septembre 1973.

Ce sont les bûchers des âmes blessées.

47

PENTOBARBITAL

« *Lucyle, il faut que tu viennes m'aider.* »

Avant même qu'il ne formule sa requête, je savais de quoi il retournait.

Je l'avais vu, au fil de mes visites, se ternir puis s'effacer jusqu'à devenir flou. Il traînait son étisie avec cette lenteur désincarnée qui précède de peu la mort, allant tel un spectre à sa consomption.

Je lui devais de trouver le courage de faire cette piqûre qu'il ne se résolvait pas à s'administrer en dépit des douleurs qui ne lui laissaient désormais aucun répit.

Lui non plus ne se résignait pas à mourir seul.

J'ai pris un avion pour New York.

C'était un dimanche. Un dimanche d'été. Une de ces journées parfaites qui font croire à une possible harmonie du monde.

Je suis montée à son atelier.

Il m'a demandé d'ouvrir le tiroir de son bureau pour prendre le flacon et la seringue.

Une injection létale de natrium pentobarbital.

Comme les doses mortelles de poison injectées en intraveineuses à Auschwitz.

Il résuma sa vie en quelques mots :

« Je suis né à la frontière, je meurs à la frontière. Ma seule alternative : être criminel ou devenir artiste, les deux fuites possibles pour qui se tient à la marge de la société. De la faille archaïque on peut faire un plaisir : ne l'oublie jamais, Lucyle. Tu as choisi ce chemin de la liberté de conscience, le plus douloureux, celui que peu d'êtres ont envie de suivre. Tous en parlent mais ils préfèrent s'abriter derrière le confort de la hiérarchie. En fait, ils ne la désirent pas vraiment. Ça se mérite de dire Non. Ne les regarde pas avec mépris ; il leur faudra beaucoup de vies ratées pour y parvenir. Alors retrouve ton sourire… »

Oncle David mit quelques minutes à peine à mourir.

Ce n'est donc que cela la vie ? Engloutie en un instant…

« *Naître, désirer, mourir, est-ce donc tout* [1] ? »

Il manquait l'amour à Chateaubriand dont le destin pourtant rempli à ras bord ne pouvait rien contre les fantômes qui lui rongeaient les entrailles.

1. Chateaubriand, *Mémoires d'outre-tombe*.

Lente phagocytose de la nostalgie.

Sehnsucht.

Il manque l'amour à tous ces êtres désespérés qui tout en faisant bonne figure se fracassent un jour contre le néant de l'existence.

Oncle David a été inhumé avec ses fantômes. Sa dépouille fut rapatriée en France, au cimetière Montparnasse, dans le caveau de grand-père. Sa dernière volonté : être enterré avec son scarabée posé sur le torse. Pour affronter quel tribunal d'outre-tombe ?

Drôle de famille recomposée *post mortem.*

La question que chacun devrait se poser : quels sont *mes* morts ? Puisque nous sommes l'addition de nombreux êtres, ceux dont nous nous souvenons mais dont le souvenir nous empêche de vivre et ceux dont nous n'avons pas conscience.

Quand les fantômes sont affrontés, alors ils n'en sont plus. Et ces morts, dès lors qu'ils cessent de hanter, deviennent les racines du vivant. C'est à ce prix seulement que l'on peut, un jour, espérer être soi.

En chacun gît le signifiant enfoui, cet insu qui pourtant nous meut. En osant débusquer les spectres qui tirent les fils invisibles qui nous animent, on cesse d'être une marionnette.

Le fantôme de Laure Han m'a guidée vers la vie, je l'ai aidé à trouver la paix.

Wir scheiden umschlungen[1].
Nous nous séparons enlacés, écrit Celan.

1. Paul Celan, *Lob der Fern* (*Éloge du lointain*).

48

LOIN

Besoin d'une respiration puissante.
Loin.
De l'autre côté du monde.
Dimanche 25 septembre 2011, je m'en vais.

Après quarante minutes de vol depuis Santiago, le bimoteur atterrit à Vichuqen sur un minuscule aérodrome en terre battue au bord d'un lac saphir sur lequel, indifférents, voguent des cygnes au long cou noir.

Pablo Neruda, dans son autobiographie[1], raconte une anecdote à leur propos.

1. *J'avoue que j'ai vécu*, 1975.

Enfant, sur les rives du lac Budi dans la province du Sud-Impérial, le poète chilien avait recueilli l'un de ces majestueux volatiles, blessé par les jets de pierre que d'autres gamins leur lançaient par jeu. Dans ses bras frêles, il l'avait ramené chez lui et soigné pendant plusieurs semaines. Le cygne semblait ne pas désirer recouvrer ses forces. Alors, chaque jour, jusqu'au lac il le portait pour qu'il reprît goût à sa liberté d'avant. Un après-midi, sur le chemin du retour, il sentit une caresse le long de son cou, comme « *un ruban noir* [*qui*] *se déroulait* » : le cygne était mort.

Neruda ajoute, à la fin du récit : « *Voilà comment j'appris que les cygnes ne chantent pas quand ils meurent de tristesse.* »

La nostalgie l'avait tué.

Un vieux pick-up m'attend, conduit par un Indien Mapuche. Il s'engage vers le sud sur un chemin de terre.

Depuis ce *Camino real*, tracé par les Conquistadores du XVIIe siècle pour s'emparer de cette longue contrée, on observe à certaines trouées le même paysage sublime qu'ils découvrirent alors : à droite l'océan, à gauche la plaine des lacs qu'interrompt au loin la silhouette massive d'une Cordillera enneigée. Malgré cette présence enserrante, la langue de terre australe échappe à tout sentiment d'emmurement par la vastitude que lui oppose le Pacifique.

Rivaux acharnés et enchaînés : aux abords du tropique du Capricorne, deux violences bataillent pour s'annuler.

D'un regard circulaire l'œil embrasse les harmonies bleutées de lointains irréconciliables, depuis la solitude océanique jusqu'aux cimes glacées, attendries par les verts intermédiaires des prairies des lacs et des forêts.

C'est le printemps de ce côté-là de l'hémisphère ; il y a quelque chose de terriblement indécent dans la cohabitation de cette nature édénique avec les tragédies que j'ai laissées derrière moi.

De ce contraste émerge un déroutant sentiment de liberté.

Une quiétude sans fantômes.

Ici, le passé n'existe plus.

Loin des paysages anthropiques, c'est peut-être là que s'exprime la sensation de liberté la plus proche de la vérité : être possédée, ne plus posséder, disparaître et plonger dans ce même exil de soi que procure l'amour physique.

Être ici, c'est être à distance de tout. À distance de son égocentrisme naturel. Ici, je peux enfin m'abandonner.

Solitude transmuée en vivante présence au monde.

Il est des lieux où meurent toutes les ambitions.

Face à cet horizon, soudain je me suis sentie *immense*.

« *J'ai la dimension de ce que je vois*[1]. »

Au terme du chemin cahoteux, il y a le sanctuaire qu'oncle David m'a légué : trois carrés blancs accrochés à la falaise.

On eût dit trois dolmens gigantesques dressés face aux éléments, non pas pour les défier mais pour rendre grâces aux dieux qui les animent. Ils semblent suspendus par des fils invisibles plutôt que posés là, périlleusement, sur cette déclivité rocheuse agitée souvent de soubresauts sismiques. Fragiles cubes qu'une main d'enfant, en une fraction de seconde, pourrait abattre.

Cette architecture vertigineuse bée sur un horizon rythmé par les vagues puissantes qui se fracassent vingt mètres plus bas en une gerbe d'écume majestueuse dont la clameur monte, grondeuse et tonitruante. Les embruns se mêlent aux effluves des floraisons : c'est l'odeur de la vie que l'on inspire avec allégresse.

Je préfère cette dramaturgie à la placidité des lacs voisins ; le mouvement permanent aux panoramas figés, le réveil à l'endormissement. Tout, ici, exacerbe le refus physique du confinement.

À l'intérieur, du sol au plafond, les murs sont tapissés d'étagères qui croulent sous les livres.

1. Fernando Pessoa, *Le Livre de l'Intranquillité*.

Une longue paroi de verre ouvre sur l'océan. Devant cette transparence se dresse une Phryné acéphale en marbre blanc, figure de proue d'une embarcation fantomatique à l'instar des sirènes que collectionnait le poète d'Isla Negra. Oncle David l'avait disposée face tournée vers le large de telle sorte que l'on n'en pouvait contempler que le verso de la silhouette : orbe des épaules, cambrure callipyge, naissance des cuisses.

Livres et sculpture, âme et corps réunis dans un cube posé en équilibre sur un rocher.

À peine mes affaires déposées, j'ai dévalé la volée de marches qui mène au rivage pour me laisser happer par la vastitude bleue détentrice de promesses d'absolution.

Je m'assois sur la plage.

L'écume menace de submerger mes pieds ; j'ôte mes souliers, enfouis mes orteils libérés dans le sable gorgé d'eau froide et salée.

Combien de fois me suis-je ainsi posée face à une mer, attendant qu'elle m'accorde l'oubli ?

Je regarde le mouvement de l'océan, flux et reflux qui dépose et reprend ses trésors sur l'espace intermittent de l'estran.

Au loin, je vois se dissoudre en méandres d'écume blanche le sillage de mes fantômes.

Grand-mère est décédée une semaine avant mon départ, terrassée par une crise cardiaque. Sorcière, elle m'avait nommée pour que survive *sa* malédiction. Morte, le sortilège s'annulait. Et me libérait.

Sur une petite route de Bretagne, un incendie s'est éteint. Trois corps ont enfin cessé de subir la torture des flammes.

Je me laisse bercer par la houle océane, seulement étreinte par cette douleur exquise que l'on ressent quand nos désirs les plus violents prennent corps : face à la mer, assise au bord du monde, je cédais enfin au plaisir d'être soi.

Après trente années d'une douloureuse gésine, je pousse mon *premier cri.*

Assomptée.

Mots et images s'évaporent, atomisés par la lumière aveuglante du soleil qui plonge dans le Pacifique.

Le ciel, soufré de ses derniers feux.

Survient le silence cérébral.

Cesser un instant d'être humain pour atteindre cet au-delà de l'Homme, quelque chose que l'on nommerait la Grâce ?

Là, commence l'histoire.

« *Mais si* [l'aumônier des Glières] *préférait qu'il n'y eût pas de grandes personnes, lui, c'est que les enfants sont sauvés...* »

André Malraux, *Antimémoires*.

C'est la revanche des enfants.

Ceux qui n'ont pas été immolés.

TABLE DES CHAPITRES

Dresde 11
Nous 15
Ennui 20
Lui 24
Éloignement 27
Gangrène 33
Les morts 37
Origines 43
Cris 48
Habitudes 53
Laure Han 57
Sang 61
Suicide 66
Cimetières 71
Italie 75
Jack Storm 79
Génocide 84
Mausolées 88
Utilis 91
Esther Molina 95
Avortement 99
Cloaca maxima 104
Tue-l'amour 108
Solitude 113
Miroir 120
Hôpital 124
Décès 127
Virilité 131
Nuits 136
Oncle David 141
Rien 148
Naissance 152
La mère 156
Désirs 159
Deuils 165
Le Chat 168
Happy birthday 171
Quai Voltaire 174
Jeux de mains 180
Orifices 183
Écran 187
Dîner en ville 192
Amour 200
La sœur 207
Orphée 212
Square Lamartine 216
Pentobarbital 225
Loin 229

Achevé d'imprimer
sur Roto-Page
par l'Imprimerie Floch à Mayenne
en juillet 2013.
Dépôt légal : août 2013.
Numéro d'imprimeur : 85101.

ISBN : 978-2-84990-253-0 / Imprimé en France.